U0623951

中国散文 60 强

你这人兽神杂处的地方

陈善壎 / 著

北京联合出版公司
Beijing United Publishing Co.,Ltd.

图书在版编目（CIP）数据

你这人兽神杂处的地方 / 陈善壎著. -- 北京 ： 北京联合出版公司，2024. 8. --（中国散文60强）.
ISBN 978-7-5596-7835-5

Ⅰ. I267

中国国家版本馆CIP数据核字第2024AB6285号

你这人兽神杂处的地方

作　　者：陈善壎

编　　选：冯秋子

出 品 人：赵红仕

出版监制：张晓冬

责任编辑：刘　恒

特约编辑：和庚方　张　颖

封面设计：立丰天

北京联合出版公司出版

（北京市西城区德外大街83号楼9层　100088）

三河市同力彩印有限公司印刷　　新华书店经销

字数150千字　　650毫米×920毫米　1/16　13.5印张

2024年8月第1版　2024年8月第1次印刷

ISBN 978-7-5596-7835-5

定价：65.00元

"中国散文 60 强"丛书

编委会

丛书总策划

张　明　著名出版人

编委主任

邱华栋　全国政协常委

　　　　中国作家协会副主席、书记处书记

编　委

叶　梅　中国散文学会会长

陆春祥　中国散文学会副会长

冯秋子　中国作家协会原社联部副主任

吴佳骏　《红岩》编辑部主任

张　英　资深媒体人

文　欢　作家、资深编辑

中华散文的文脉与发展

——"中国散文 60 强"总序

邱华栋

中国是诗的国度,亦是散文的国度。

穿越千年时空,从明清至唐宋,再由魏晋南北朝至两汉先秦一路回溯,汉语言文学中的散文实乃根深叶茂,硕果累累。无论是"唐宋八大家"之雄文美文,还是骈俪多姿的辞赋,以及名垂史册的《史记》《左传》,均为中国文学史上的璀璨明珠。"散文"与"诗"一道,成为中国文学的"嫡系"。尽管,后来从西方引进嫁接技术所催生的"小说",大有"喧宾夺主"之势,终究还得"认祖归宗",血脉和基因是无法改变的。

在中国散文流变历程中,曾出现过两次鼎盛期。一次是被文学史家所公认的"先秦散文"时期。其时,伴随着春秋时期的思想解放,诸子蜂起,百家争鸣,一大批散文家以饱满的气血、驳杂的学识和破茧的精神,创造出了散文的繁荣和辉煌局面,对后世产生了极大的影响。

到了"五四"时期,中国散文迎来了第二次鼎盛期。白话文如劲风激浪,吹刮和涤荡着神州大地。沉睡的雄狮醒来了,偃卧的小草开始歌唱。许多学贯中西的进步文人,肩扛文化变革的大纛,冲锋陷阵,掀起了一波又一波的新文学浪潮。《新青年》上刊载的散文,犹如一束束亮光,不但给人以希望,还给人以力量。"五四"以来的散文作品，无论是观念和主题，还是形式和风格，都跟以往的散文迥然不同。最具代表性的，当属鲁迅先生的散文（包括杂文），其刚健、凌厉的文质，疗救了中国散文长久以来颓靡不振、钙质疏流的顽疾。此外，周作人、郁达夫、朱自清、萧红、沈从文等一大批作家的散文创作亦各具特色，呈一时之盛，影响深远。

时代的前行催生了文学的发展，然而文学与时代有时并不同步甚至充满了"张力场"。"五四"的个性解放虽然催生了一批个性鲜明的散文精品，但这样的生态并未持续多久，中国散文的波峰出现了向低谷滑行的趋势。有论者指出，"散文在 50 年代既是对解放区散文文体意识的放大，又是对五四散文文体精神的进一步偏离。这种放大和偏离表现在个体性情的抒发让位于时代共性或者时代精神的谱写，政治标准优先于艺术标准，批判性为歌颂性所取代等诸方面。"（董健、丁帆、王彬彬《中国当代文学史新稿》）1960 年代初，散文创作一度出现了活跃，"专业"从事散文创作的作家群凸显出来，刘白羽、杨朔、秦牧相继登场，迅速成为散文界的三位名家。但他们的作品后人评价褒贬不一，认为其中颂歌式的写法较为单向，这种模式化的写作，不但对散文的建设毫无益处，反而扼杀了散文的个性和神采。

"文革"十年，中国散文更是一片凋零和荒芜，乏善可陈。1970 年代末，一些历经浩劫的作家开始复血，解除思想枷锁，重新拿起笔来写作，中国散文才又凤凰涅槃，焕发生机。加之各种文学刊物纷纷复刊和创刊，以及大量西方文化读物的译介出版，更为这些饥渴、桎梏太久的散文作者提供了登台亮相的舞台和瞭望世界的窗口。

1980 年代初期，伴随改革开放的热潮，思想解放大旗招展，文化随之繁荣，诸多承续"五四"精神的作家以笔为旗，抒发胸中压抑既久之块垒，出现了一批抒情性质浓郁的散文，使得现代散文这块"百花园"芳菲争艳，蔚为大观。特别是 1980 年代中期，随着作家主体意识的不断强化，中国文学开始呈现出一个崭新局面，作家从"集体意识"中抽身而出，重新返回"个体"，注重对生活的体察和内在情感的表达。这一时期，散文的艺术性得以强化，文本的精神内涵和表现空间得以拓展。

进入 1990 年代，社会发展日新月异，城镇化进程锐不可当，文化领域亦呈多元格局。各种文学思潮相互碰撞，人文精神的讨论更是打开了作家们的创作思路。"大散文"概念的提出，引发了散文界对散文的内涵和外延的重新讨论和界定。风靡一时的"文化散文"热，成为文坛上一道靓丽的风景。"新散文""原散文""后散文""在场散文"等散文流派"你方唱罢我登场"，争奇斗艳，各领风骚。

及至二十世纪末，一批深具先锋意识和文体自觉的新锐作家，像一头公牛闯入瓷器店，使散文天地发生了激烈的碰撞和变化，形成一股新的散文潮流，提升了散文的审美品质和精神向度。

纵观 1978 年至 2023 年四十多年来，中华大地在"改开"的黄金时代中，社会生活奔涌激荡，各种思潮风起云涌，散文创作更是云蒸霞蔚、气象万千，涌现了众多成就斐然、风格各异的散文作家和具有思想深度、艺术上乘的散文作品。岁月的流水冲走了枯枝败叶和闲花野草，中流砥柱却巍然屹立。时间留住了新时代的散文经典，经典在时间的长河中绽放光芒。以沙里淘金的经典散文向"改开"的时代致敬，是我们不可推卸的责任和义务。

别看散文的门槛貌似很低，要真正写好，却实属不易。优质散文是有难度的写作，它不但需要作者的智识、胸襟、眼界、修养和气度格局；更需要写作者的态度、立场、慈悲、良知和批判勇气。遗憾的是，散文创作繁荣和光鲜的另一面，却是大量平庸甚至低劣之作的泛滥，不但败坏了读者的胃口，而且造成了物质和精神的极大浪费。散文作家层出不穷，散文作品汗牛充栋，可真正能让人记住的散文佳构却凤毛麟角。

散文要发展，文学要前行。发展和前行就要从平庸的樊篱中突围。在突围的过程中，散文作家不可太"聪明"，不可太世故，要永存对文学的敬畏之心。一言以蔽之，散文的尊严来自散文作家的尊严。也可以说，要想散文繁荣，首先需要有一批人格健全，品德高尚，铁肩担道义的散文作家。什么样的人写什么样的文章。特别是写散文，最容易看出一个作家的内在品质和境界涵养。一个人格不健全的人，哪怕他作文的技法再高妙，也很难写出撼人心魄、抚慰灵魂的散文来。作家精神品质的高低，直接决定其作品的精神向度。

为了散文写作的突围和发展，为了建设独具特质的当代散文，也是为了更好地从经典散文中汲取营养，我认为有必要正视和重申一些常识性的思考。高头讲章的理论是灰色的，常识之树却葳蕤常青。

一、作家的个体精神决定散文的优劣。常言道，散文易学而难攻。难在什么地方，不是难在技巧，而是难在作家个体精神的淬炼上。倘若作家的个体精神不够丰富，不够深刻，不够清澈，纵使他手里握着一支生花妙笔，也写不出令人称赞的散文。那么，如何才能做到个体精神的丰富性呢，这就要求作家时时刻刻不背离生活，要知人情冷暖，体察人间百态，关心民瘼，有忧患意识，不要做生存的旁观者。一个冷漠甚至冷酷的人，是不适合从事散文创作的。

二、真诚是确保散文品质的基石。散文创作跟作家的生存经验息息相关，可以说，真正优质的散文，无不牵连着作家的血肉和心性。作家的喜怒哀乐，悲欢离合，都或隐或显地暗含在他的作品中。假如在一篇散文作品中，读者既看不到作者的体温，又看不到作者的态度，那这篇作品或许就是失败的。说明这个作者在他的作品中"说谎"或"造假"，缺乏真诚之心。作家一旦失去真诚，为文必定矫揉造作，作品也必定会失去生命力。因此，真诚是散文的"生命线"，也是"底线"。

三、个性是促进散文生长的养料。人无个性便无趣，文无个性便平质。当下，每年都会诞生数以万计的散文篇章，但能够让人记住，且读后还想读的作品并不多，何故？概在于这些数量庞大的散文，无论题材，还是语感都千篇一律，像是从"模具"中生产出来的，缺乏辨识度。散文要发展，必须要求作家具有"个性意识"。"个性意识"不是标新立异，更不是哗众取宠，而是一种"创新意识"和"审美意识"。但凡在散文创作方面被公认的那些大家，都是"文体家"，他们以自觉的写作实践，开创了散文写作的新路径。不合流俗方能独步致远，推动散文的建设和繁荣。

当然，以上几点并非创作散文的圭臬，谁也没有资格去为散文"立法"。

散文是自由的创造，散文精神即自由精神。我之所以提出来，仅仅是希望引起散文同行们的重视和参考，共同为中国当代散文的发展尽力增光。

我们策划、编选"中国散文60强"（1978—2023）的初衷，旨在对新时期以来的中国散文创作作出梳理、评价和选择，试图精选出风格各异的代表性散文作家，以每位一部单行本的形式，呈现出中国新时期优质散文的大体样貌。此项目的发起人为资深出版人张明先生。多年来，他一直追求做高品位的纯文学书籍，也曾连续多年与中国散文学会、中国小说学会合作，出版年度《中国散文排行榜》和年度《中国小说排行榜》。2023年他策划出版了《中国小说100强》，反响不俗。身处喧嚣、纷杂的环境，能以如此情怀和心力来为文学做如此浩大的工程，不能不令人钦佩！

感谢张明先生邀请我和叶梅、冯秋子、陆春祥、吴佳骏、张英、文欢组成编委会，共同遴选出60位作家。我们在召开筹备会的时候，即将作品的思想性、艺术性、代表性以及影响力作为编选的基本原则。在确定入选作家名单时，我们认真商讨，反复研究，生怕因为各自的眼力、审美和趣味之别，造成遗珠之憾。好在我们的工作得到了作家们的积极回应和鼎力支持，惠风和畅，大地丰饶。

60位入选的作家，既有令人尊敬的文学大家，如孙犁、张中行、汪曾祺、史铁生、邵燕祥、流沙河、刘烨园、宗璞、贾平凹、韩少功、张炜、梁晓声、阿来、冯骥才等。这批散文大家的作品，文风质朴、清朗、刚健，充满了"智性"和"诗性"。无论他们是写怀人之作，还是针砭时弊，歌咏风物，都有着鲜明的文化立场和审美取向。他们或出入历史，借古观今；或提炼人生，洞明世事，输送给读者的都是难能可贵的"精神营养"。

也有被散文界公认的名家，如李敬泽、王充闾、马丽华、周涛、冯秋子、叶梅、筱敏、张锐锋、周晓枫、于坚、鲍尔吉·原野等。这些作家的散文作品，特色鲜明，风格独特，诚挚内敛，从内容到形式，都作出了各自的探索和尝试，为当代散文注入了活力。从他们的作品中，我们不但能够领略汉语之美，更可以借此反观生活与存在，寻找人之为人的价值和尊严。

还有散文界的中坚力量和青年才俊，如彭程、谢宗玉、江子、雷平阳、任林举、塞壬、沈念、傅菲、吴佳骏、周华诚等。从他们的作品中，我们见到的，不只是中国散文的文脉传承，更是自由精神的张扬。他们文心雅正，笔力锋锐，不跟风，不盲从，始终保持着独立的思索和判断，在各自所开辟的散文园地中精耕细作，以崭新的姿态参与和推动当代散文的变革。

其实，细心的读者不难发现，入选本丛书的老、中、青三代作家都有个共性，即他们均在以自己的作品审视心灵，心系苍生，弘扬真善美，鞭挞假恶丑，充满了正义感和人道主义精神。这自然与时下众多书写风花雪月，一己悲欢，充塞小情趣、小可爱的散文区别开来。正是因为有他们的存在，中国当代散文才呈现出一幅绚丽多姿的长卷。

需要说明的是，有些重要的散文家，如张承志、余秋雨、王小波、苇岸、刘亮程、李娟等人，由于版权或其他不可抗原因，未能将他们的作品收录进来，我们深以为憾。

我们还要感谢北京立丰天文化传播有限公司的资金支持，感谢北京联合出版公司的精心编校，他们慷慨和无私的义举，对于繁荣中国当代散文创作、对于赓续中华优秀散文文脉、对于中国新时期的文化积累，均具重大价值和意义，可谓善莫大焉。这套丛书的出版意义将同《中国小说100强》一样，旨在给读者以经典的指引，这既是一项重要的原创文学工程，同时也是助力推动全民阅读和研究传播文化的公益工程。

郁郁乎文哉，中国散文有幸！

是为序。

2024 年 5 月 12 日星期日

（作者为全国政协常委，中国作协副主席、书记处书记）

目 录
Contents

第一辑

第四辑

序　一

爱情从诞生到死亡

郑　玲

爱情从诞生到死亡
不过两次钟声之间
那样短暂
我们相互给予的
是半个世纪短暂的相守
没有烂漫的浓丽
只有思盼的清芬
带着欢乐
也带着悲剧性

我们挣扎在巨大的阴影下
通过一连串的失败感到胜利
感到的胜利如海市烟云

云消雾散后呈现清晰的
不过是失败

失败是搏击的宁静
在残阳血色的光照中
我倚靠你
平时我喜欢这样的状态

你是一个散淡的人
看起来总在休息
其实你始终在工作
一个散淡
而永不疲倦的人
风风火火很难完成一件事
在什么也没完成的开头
你已经消耗殆尽

有时我会为你工作太久
与你激烈争吵
两个互为生命的敌手
在争吵中获得力量
我把最后的力量使出来
激发你的散淡
散淡的回忆甘美

往事是伴人走向坟头的瑰宝

我需要你永不疲倦的散淡

我生怕老了

没有人陪我捡点蓝宝石

补记：

　　今天再读郑玲的《爱情从诞生到死亡》，她写我的状态真写得好。"风风火火很难完成一件事／在什么也没完成的开头／你已经消耗殆尽"。

　　两个生命的全面融合才可体会这样恰切。

陈善壎

　　（注：诗人郑玲系陈善壎夫人。）

序　二

无论是星光还是烛光

我孤陋寡闻，非常迟的时候才读到陈善壎老师的文章。二〇一八年，张鸿编了一个广东散文小辑，在公众号"小众"推出。我在那里读到了陈善壎的散文。大约有十余年了，我的状态相当低迷，感觉相当迟钝，生活是封闭式的，很少翻读当下作家的作品。这几篇散文让我吃了一惊。我向黄金明询问，得知陈善壎有一个集子新近出版，于是上网搜寻，购得陈善壎的书《痛饮流年》。阅读的过程我发觉自己多年的麻木似乎褪去，重又有了痛感，重又体验到震撼和惊喜，仿佛遭遇一个罕见的丰富且明澈的灵魂。我深为愧怍，许多年来，我竟然错过了这般卓异的文字，错过了独立于文坛之外的这般高人。

回想起来，上世纪八十年代我就拜见过陈善壎的夫人郑玲老师，彼此亦有诗集互赠。诗人郑玲是个奇迹，她在诗坛小荷初放便遭遇了二十余年狂风骤雨，重现诗坛时已五十开外。诗歌是年轻人的领地，而郑玲是超越年龄的，她始终葆有少女的纯净和敏感，青年的热忱和激情。她是不老的。身为晚辈的我却很快就老了，离开了诗，在郑玲老师面前自惭形秽。三十年来，郑玲在诗坛如星辰生光，我远远仰望那星光，却没有看见另一个质量巨大的星体，陈善壎隐在她的光芒后面。

《痛饮流年》出版时郑玲老师已经离世。陈善壎将郑玲的一首诗放在首页为序：《爱情从诞生到死亡》——"我们相互给予的／是半个世纪短暂的相守"。"我们挣扎在巨大的阴影下／通过一连串的失败感到胜利／感到的胜利如海市烟云"。"两个互为生命的敌手／在争吵中获得力量／我把最后的力量使出来／激发你的散淡／散淡的回忆甘美"。陈善壎在诗后以加注写道："两个生命的全面融合才可体会这样恰切。"爱情这种奢侈品世间稀有，一对伴侣互为生命，便生成了双倍的生命能量，这大约是诗人不老的谜底。

陈善壎的文章常有一个主要人物郑玲，最为文友称道的是《你这人兽神杂处的地方》。那一段故事堪称传奇，陈善壎的笔力毫不辜负他们的故事，恢弘，诡谲，似密林般幽深，又似涧水般澄澈。这篇作品的写作过程也是一个传奇。一九六〇年代后期，落入灾难而困居深山的郑玲，曾写过一首长诗，名为《你这人兽神杂处的地方》，因为诗人特别珍视，不忍像其他诗作那样亲手焚毁。危难中她把诗藏在他们住所的砖墙缝里，期盼日后取回，然而命运并没有给她这样的安慰。后来她企图重写那诗，但不管如何努力，再找不回当初的感觉。诗遗失了，那是她最好的作品。三十年后，陈善壎返回江永深山去寻找那首不为人知的诗，所获终是遗憾。他写道：

> 或许是不心甘，我还是去"我家"门前默哀般站立好久。那诗已彻底毁灭。我木然地看着那座房子，看着那诗的墓地。有喜欢郑玲的诗的朋友说她的这首诗那首诗是他们喜欢的；在我的心里，他们可能最喜欢的作品已被埋葬。诗的死，在我心中掀起波澜。灯下创作这首诗的情景在微明中浮动。

这般哀痛和不甘，促使陈善壎动笔写下同一个题目——《你这人兽神杂处的地方》。他不分行，写实寄意诗情饱满。那是他们二人共同的诗，共同的日夜，共同的苦难和财富。他不能任其在风中散失。

郑玲的诗文里也常有一个主要人物陈善壎，有时他没有名字，有时另有其名。譬如《野刺莲》中这一段：

> 和陈萱结识于穷途末路，那时，我刚被释放出来，前路茫茫，一筹莫展，好不容易在职工夜校谋得一个临时教书的工作以维持生计，陈萱也在夜校任课。我早就听说过他的身世，四岁死了父亲，母亲守寡将他和妹妹养大，三人每餐共吃一片腐乳或一碗白菜。他的童年是在漫长的幻想和严格的自学中度过的，十岁就开始在印刷厂学徒，用妈妈给他买蚕豆的钱去看连环画，从躲在碎纸堆里读辞典入门，自学数学，经过有关方面的考核，达到大学数学本科毕业水平，而且酷爱文学。……我倾听他的谈话，犹如倾听自己的思想，我觉得再没有一个人的气质比他和我更相近的了，年龄上的差别和其他的一切关系也就随之隐没了。

诗人写到自己遭受流放，年轻的知己坚持要求下乡，毅然与其同往，在荒蛮的山野里给她一个家，帮助她建造人的生活。从前我们听过十二月党人的妻子追随蒙难的丈夫去往西伯利亚的故事，然而，男人自毁前程追随妻子共赴苦难，这样的故事委实鲜有听见。

他们相伴半个多世纪。晚年郑玲描摹他们的生活，譬如《诗与丈夫》一文：

> 我与丈夫的姻缘是诗为媒的，几十年来，他虽然从事其他职

业，却渗透了我的文学活动，充当我作品的第一个读者。而我们并非总是"琴瑟和谐""相敬如宾"的，争争吵吵时或有之。每次，我把定稿给他看，他俨然面临经典，逐字逐句地读，但是，只说一声"好"或者"不好"。我要求他说得系统一些，他一脸肃杀："普通读者都是这样说的，只有评论家才系统，难道你是为评论家写诗的？你是个真诗人么？"如此简单粗暴，使我大为光火，推翻椅子，将枕头被盖扔满一地，他反而哈哈大笑："你没有摔电视机录音机，可见还清醒，醒者能悟！如果你已经培养起你所追求的第一流审美才能，自然就会从'好'与'不好'这简单的评语中悟出得失……"一瓢冷水，教我冷静下来，再三修改之后，求他修改，他当真点笔成金，动了三五个字，诗便焕然生辉了。

我一向以为，对一个写作者的了解，单读他的作品就够了，何况这里还有两位作者的互文。然而这回似乎例外。读了《痛饮流年》，我很想去看望一下这位作者，于是请为此书作跋的黄金明帮忙介绍引路，我得以见到我本该在三十年前拜见的陈善壎老师。

交谈必定首先致意郑玲，陈老师郑重说道："她有诗集送你。"然后双手端出郑玲老师的诗集《让我背负你的忧郁》。我于惊惶中接过，翻开看见扉页上的题字：

筱敏吾友
　　知你来我好高兴嘱善壎代签此集赠你慰我平生对你的神交
　　　　　　　　　　　郑玲二〇一八年八月七日

我说不出话来，没有语言能够表达我心里的震颤。两个生命的全面融合，原来是这样在一枝一叶的细微中显现。

谈起我们记忆中的那个年代，陈老师有许多故事，由此延伸到我尚未出生的年代，他有更多故事。在天地翻覆波谲云诡的时代，有故事的人很多，但能讲故事的人很少。大多数人并不理解发生在自己身上的故事。人是脆弱的芦苇，但只有少数人是会思想的芦苇，知道自己在宇宙中的位置，在人类文明发展史中的位置。没有历史感这一束光的照射，人们往往看不到自己的故事，意识不到有故事在自己身上发生。讲故事的人需要透视世事的锐利目光，超拔于常人的记忆力，难以麻醉的痛感，还需要建构能力和个人化的语言。这些陈善壎都具备，而且出色。

他的家族史堪称一部中国现代史，一篇《老娘娘和她的后人》可以为证。剽悍的老娘娘从光绪年间走来，"身处有清而天足"，顶门立户，浪迹四方，教训后人志在天下，"有她喜欢的青年来，不拘长幼，豪饮移时"，"经常应邀与谭嗣同、唐才常、沈荩几个人登岳麓山呼啸"。后人中有随蔡锷举义帜的，"她驾一辆马车拖一副棺材，随护国军进退"，收儿孙的尸骨。"她的后人，像一群荒原上的迷途者，有的朝左走，有的朝右走。"或参与组建共产党，或投效国民党位列要员，或阵亡于抗日战争的长沙会战，或沦为地主遭新社会种种斗争……中国近百年历史往还的重大剧目，总有这家族后人的身影。

我不禁想起《百年孤独》中的老祖母乌苏拉。老娘娘是不死的。她驾风云而来去，为每一名离世的后人送行。她把自己活成一个传奇，把后人的传奇驱使向世界，她在传奇中出没，让传奇不绝繁衍。

陈善壎以区区万余字驾驭了如此浩阔如此纷繁的故事，他穿梭于虚实之间，笔锋峭拔，建构奇绝。结尾时他下了这样一笔："老娘娘或许还在。她的每一个子孙的命运，不过是她的尝试与探索。我们最终会发现，她不是什么。"

陈善壎的文章我们所见的篇幅均不大，望去是海面的浮冰，待近前去看，却是一座冰山，细读之下，可知露出水面的仅仅是冰山的一角，巨大的山体连同绵延的山脉，都沉默在海水下面。

《我的音乐老师》写的是二十世纪五六十年代的故事。曾经留法的音乐家风采耀目，其作品高雅的在维也纳演奏，通俗的在工人合唱团歌咏，他指挥过庞大的乐团，也谱写过曲目痛斥反动派，歌唱农民翻身。命运跌宕。倏忽之间，备受崇敬的音乐家，沦落为一个出没坟山寻拣尸骨制作人类骨骼标本的酒癫子。这其中自然有悲惨世界的故事，来龙去脉需要繁多的注解。陈善壎在这里却只下了一笔："我一眼认出此人就是曾老师。一点没有惊诧。他落到这步田地我马上有一个解释。"

如此俭省的一笔倒让我惊诧，但我也马上领会了这个解释，并领会了这样一跃而过留白的道理。我们都经历过那个时代，我们已知许多同类的故事。

陈善壎的笔墨能至简如此，浓稠时却又是一番景色。他写到酒癫子酒后在木楼上的动静：

> 果然，约莫晚上九点钟的时候，楼板响起踢踏声。我记起他的烂皮鞋是钉了铁后跟的。这声音开始极轻，有如一只被风浪击得千疮百孔的小船躺在沙滩回忆往事，一圈圈波澜从他心的深处向空中扩展。踢踏声的节奏慢慢激越，楼板缝里有灰尘落下。……节奏变得紧而密的了，逐渐变得狂热、炽烈，变得多情而贪婪。整座楼房都在抖。我全身紧缩，怕一根牵系他生命的弦突然断裂。
>
> 楼板上的节奏越来越疯狂。土地微微颤动。我相信只有入了魔才能这样表现。只有入魔才能把生命倾泻得这样彻底。他是在舞蹈，以一种特别方式寻求自我的解释。此刻他是一个舞蹈着的音乐家。一个只有脚功能的舞蹈家在阐释失去旋律的音乐家。他的音乐只留下硬朗节奏，犹如生命只剩下叩击有声的骨头。驼子

说，这是他最快活的时候，并不容易碰上他这样快活。

时代的齿轮，把音乐家从音乐中撕开，抛到了贱民之下。为了果腹，他为医学院及大学的生物系制作人类骨骼标本。他携一只麻袋和一把钉耙，揣一个扁酒瓶，潜入开掘的工地，无主的荒坟。他的劳作是沉闷的，他的存在是无声的。然而，无尽的旋律在他体内回荡，他禁不住自己的回忆和梦想。在荒僻之地的木楼上，他以荒诞的方式组建自己的乐队，创造自己生存的希望。这一段描述令人过目不忘：

　　没有天花板，瓦缝里不时漏出闪电的白光。一个整齐的阵容摆在我面前，那是一群制作精良的人类骨骼标本。它们按照舞台上乐团那样布置。每具标本的颈椎骨上用绸带系了领结。这些标本有站的有坐的。旧钢琴前也坐着一具标本，摆出弹奏的姿势。他摸着它的指骨要我看。"不够修长，对吗？做粗活的。"

陈善壎的文章时常会出人意料，从天外飞来一笔，骤然将叙述的域限打开。这或许是叙述技巧，但我的感觉是，作者心中有太多故事，汹涌翻沸，随时可能从任何裂隙冲腾而出。还是这篇《我的音乐老师》，篇幅本来不长，作者说着音乐家的故事，忽然荡开写了这样一段：

　　此后我去了南门大古道巷的工艺美术厂。谁介绍的记不清楚了，可能是钟叔河。这家街办厂有点意思，是个"藏污纳垢，牛鬼蛇神成堆的地方"。正在天井里做石膏胸像的年轻人是写《火烧红莲寺》的平江不肖生向恺元先生的孙子。躲在后院墙角煮骨头的是湖南师范学院生物系讲师郑英铸。做几何教具的陈孝弟是某大学数学老师，他一边工作一边给姓仇的大学没毕业的年轻"右派"讲傅立叶级数。旁边小房里埋头钉板板鞋的是鲁迅先生在《记念刘和珍君》一文中提到的"一样沉勇而友爱的张静淑君"。她满脸沧桑，沉默，高贵。钢琴家罗世泽不知做的什么业务，跑上跑下。至于钟叔河夫妇，做的字画装裱。他们裱糊手艺精到。与钟叔河莫逆的朱正戴着高度近视眼镜描图，他是解放后第一本《鲁迅传》作者。

与文中的音乐家相关的自然是那位煮骨头做人类骨骼标本的人，而与我们的记忆相关的远不止此。我看到"张静淑君"的时候心里别地一跳，因为鲁迅先生的《记念刘和珍君》太熟悉了，先生文中记念的几位女学生何其壮烈——

> 听说，她，刘和珍君，那时是欣然前往的。自然，请愿而已，稍有人心者，谁也不会料到有这样的罗网。但竟在执政府前中弹了，从背部入，斜穿心肺，已是致命的创伤，只是没有便死。同去的张静淑君想扶起她，中了四弹，其一是手枪，立仆；同去的杨德群君又想去扶起她，也被击，弹从左肩入，穿胸偏右出，也立仆。但她还能坐起来，一个兵在她头部及胸部猛击两棍，于是死掉了。
>
> 始终微笑的和蔼的刘和珍君确是死掉了，这是真的，有她自己的尸骸为证；沉勇而友爱的杨德群君也死掉了，有她自己的尸骸为证；只有一样沉勇而友爱的张静淑君还在医院里呻吟。当三个女子从容地转辗于文明人所发明的枪弹的攒射中的时候，这是怎样的一个惊心动魄的伟大呵！中国军人的屠戮妇婴的伟绩，八国联军的惩创学生的武功，不幸全被这几缕血痕抹杀了。（鲁迅：《记念刘和珍君》）

几乎贯穿我的一生，她们都是我所仰望的英雄。我以为她们只存在于鲁迅的时代，然而不幸的是并非如此。身中四弹的张静淑君幸存下来，许多年后，当鲁迅的读者都淡忘了她，是陈善壎讲述了她后续的故事。

写作是一种独白，也是一种回应。陈善壎不在文坛，他不在乎文坛的回应。但浩瀚的时空总有他在乎的灵魂，更重要的是，穿越时空而过往的，还有需要这般质地的文字的人。

《痛饮流年》有一个前言，这是我所见过的最短的作者前言，全文如下：

> 假如抄袭鲁迅先生的意思，把这集子叫作"坟"是可以的。鲁迅当时造"小小的新坟"的时候，有被"踏成平地"的假设。那是他把"坟"筑在人烟稠密的地方了。我这坟，在深山野岭，人迹罕至。它将被藤萝花草覆盖，在鸟语花香中渐渐隐匿。若有人偶然得到消息来此探幽，那是了无痕迹的了。

面对这样通透的人，许多言辞都是多余的话。但是我依然想要絮叨：人世苍茫，雾霾或暗夜时常降临。怀中或还揣有一点光的人们，无论是星光还是烛光，请举起来，好让友人彼此看见。

筱 敏
2023 年 7 月

前　言

　　假如抄袭鲁迅先生的意思，把这集子叫作"坟"是可以的。鲁迅当时造"小小的新坟"的时候，有被"踏成平地"的假设。那是他把"坟"筑在人烟稠密的地方了。我这坟，在深山野岭，人迹罕至。它将被藤萝花草覆盖，在鸟语花香中渐渐隐匿。若有人偶然得到消息来此探幽，那是了无痕迹的了。

陈善壎

第一辑

闲

　　门超越常制地宽敞，总是大开着。从外面可以清楚看见屋里的摆设。家具不多，整个布置整洁、舒适、开朗。并不在正中挂有何绍基的字，写着"临流水犹听古乐，仰崇山如见故人"。看这联语，主人情性已见一斑。大书桌上横斜有些书籍，有笔有纸；还能闻到酒香。那瓶酒不是很显眼地置于一迭书后。书桌正对着明亮的窗。如果天气晴朗，坐书桌边可望到河对面的景色。堤岸边垂杨轻拂，数间农舍炊烟，这屋子要在都市近郊，不知值金几何。所以他十分惬意，每日书烟酒茶消受退休后的光阴。但他的惬意只是外人来看，其实安闲中一直怀有对自己的不满。他常常在心里批判自己一事无成，面对眼前良辰美景，倍加感到平庸、低能。他每天都在下决心要做点什么事，但每天都向自己的平庸、低能投降了；结果依然是看书，抽烟，喝酒，饮茶。后来，在长期的因循中，他认定自己可以做点文字。其他事干不成，写点闲散文章或是可以的。学蒲松龄，说鬼谈狐，积少成多，不也是一件事吗？可是真动笔并不容易。天天想着要写，总是一个字写不出，只好在书烟酒茶中消磨。

书、烟、酒、茶四件中，书和酒是领衔的了。他通常醉醺醺地读书，在阅读中有耐性地等待；只不过是相信有机会写出点东西而已。他是一个有些苦恼却又不着急的人，从早到晚悠闲得使人垂涎三尺。他漫不经心翻出藏书，似有心又无心地阅读，心中的渴望火一样燃烧起来，又同火一样熄灭。灰烬中火星闪烁如繁星，很快变成随风飘散的死灰。

他早就不能策励自己为某种目标努力了。每天早上能睡到什么时候就睡到什么时候。尽管睡不着也不起床。直到再睡就不是睡而是病了，这才起身穿衣着袜，然后对镜良久。他看到镜中的自己神采奕奕，天庭饱满地阁方圆，自忖不像气数已尽的样子，于是信心百倍地开始新的一天。比如说今天吧，就是快十点了才走出卧房的。他先去书桌边，纸笔跟往日一样准备在那里。他有些愧怍地摸摸不错的自来水笔。

老伴端来早点。她是早吃过的了。

就信手摸起书，边看边吃边喝酒。一夜好睡养足的精神看看变得蒙眬，很快入醉了。这醉不是烂醉，是恰到好处稍微偏离清醒的醉。这样的醉，他自己以为，正是张旭狂草时的醉。也就是保持了创造能力甚至是可以更好发挥创造力的醉。这种状态要维持一整天。他在这种状态下回忆、思考、憧憬。

他从来衣装鲜明整洁。刚才走出卧房，是一个仪神俊秀的老头子。三杯酒下去，便成了一个仪神俊秀的醉老头子。他永远不会烂醉如泥。偶尔大醉，也不会如泥。他只让自己玉山倾倒。这样的时候，他会坐书桌边围椅上睡着。

今天，在一瓶酒鬼酒所剩无几的时候，在残阳带点血色的光影中，他异乎寻常地冲动起来。或许是受到从手上溜到地上去的那本书的启发，他感到灵气与力量俱来了。库图佐夫、歌德甚至姜子牙这些晚年不终止努力的人物鼓励他。姜子牙走近来对他说，"我八十岁还在渭水边钓鱼呢。"

他决心不再踟蹰不前。立刻拿起笔，像在滑铁卢及时举起帽子的惠灵顿。他听到了苏格拉底经常听到的召唤声，心潮澎湃地发现自己也是可以有用的了。他立志让自己有用起来。"一个人应该使自己有用"，他这样想。伏案疾书。

他终于从一种近于沉沦的状态中突破出来。今天体验到多大的快慰啊！他反复斟酌，精思细改，直到自认文字做得周到了，才郑重其事地把稿纸收入抽屉里去。

他是怀着对自己的敬意慢慢推进抽屉的。

这时候端起酒杯，闻到的醇香不同于平日。酒杯凉凉地刚碰到嘴唇，老伴轻轻推了他一下。

"醒醒吧，坐着睡对老年人不好。"

他急忙打开抽屉，找不到刚写的文稿，立刻明白今天是大醉了。他若有所失地宽解自己，"臣之壮也不如人，今何及。"便宽闲望向远方。

月亮从河那边升起来，又圆又大。这夜没有喝酒，他去田野上散步。他在月光照射的树影间徘徊。

隆中午睡

二十多年前我跟株洲市科委的几位同志出差，途经襄樊，当然就看了一些与诸葛亮有关的遗迹。明知绝非正宗原装，还是一本正经地看。我想找到诸葛武侯睡午觉的地方。

我们都晓得，诸葛亮在刘备第三次来"顾"他的那天正在睡午觉。这事还不见有人质疑。我一直认为他是佯装睡午觉，且佯装睡得酣。这么重要的几个人来过两次了，一统天下的大目标很明确。雄心壮志的诸葛亮，我就不信他睡得着。

那地方几个人骑着高头大马，老远就看得见；诸葛亮真的睡着了，书童也会叫醒他，"那几个人又来了"。这是他早就吩咐好了的。哪可能睡得不省人事。

他是存心害那个想得天下的人站在草庐外面礼贤下士。这也是知识分子待价而沽的招数。不然，所投非人，害自己一辈子。

直到他觉得刘皇叔已经"猥自枉屈"得够了，才"由是感激"地先翻身，后伸懒腰；同时口里说出"大梦谁先觉，平生我自知"的话。

刚刚睡醒，蒙眬含糊两句，站在草庐外面的刘皇叔居然听得清楚，这事想起来也是滑稽。

所以我说他是"佯睡"；如果不是佯睡，下床就高声朗诵，那不也怪吗？

诸葛亮是在申明自己有个梦，并且没有觉。他说"平生我自知"，就是自知没有觉；也不会有人先觉。为这梦他已作了多少年的准备了。要是刘备彼时不来，他应该正在宁静中攻读，推敲天下形势；只在读书读困了的时候，才去陇亩躬耕几锄头松松筋骨。要不这样，怎么刘备一问"君谓计将安出"，他就可以随口答出一个很有水平的《隆中对》来呢？

肯定他长期怀有一个梦，这是他的乌托邦。这梦不会醒，否则便没有诸葛亮。否则，他就真的会在隆中那地方，澹泊一辈子。

他在那谁也不能先觉的梦的召唤下，跟随刘备走了，来了一个辉煌的自我实现，成为一个被司马宣王赞叹的天下奇才。受六尺之孤后，他行君事而国人不疑；致死做到了"不使内有余帛，外有赢财"。这是一个有大理想的人的梦。

梦是不可或缺的。一位政治家要提不出一个乌托邦，会一点号召力也没有。人要没有梦，会活得懒洋洋。好多奇迹是梦的创造物。

这样我们就晓得：梦的幻灭很可怕。

渔　父

　　文艺中的渔人形象，在情调上，中国的渔父不同于欧美的渔夫。欧美的渔夫是小说，我们的渔父是绝句；欧美的渔夫快乐豪强，我们的渔父空灵深邃。这都不是说的心灵贫瘠的人。

　　屈骚中的渔父可能是最早出现的渔父形象。遇到这位渔父后有了做渔父的想法。那渔父热情开导在政治斗争中失意的三闾大夫，见他不听，遂莞尔而笑，鼓枻而去；掉头撑船，投入山水之间，兀自唱着很好听的自己谱写的歌。何等超迈飘逸。渔父的节操太有感染力，害得我想了几十年。往后读《吴越春秋》又见一渔父，他知伍胥有难，赶紧救他过河。姓伍的流亡者知恩图报，解下价值百金的佩剑送他。他说："楚国之法，得伍胥者赐粟五万石，爵执珪（楚国最高爵位），岂徒百金剑邪！"不受。这渔父不只超迈飘逸，还是剑胆琴心的人。这就害得我不只是想，竟演变成追求了。后来碰见自称烟波钓徒的张志和，一首《渔歌子》就跟李太白有品；他浮家泛宅，每垂钓不设饵，志不在鱼，这就知道渔父还可是大诗人。他们就是真有鱼要卖，也是随便卖几个钱，不去可卖得好价钱的红尘深处；独钓寒江雪的渔父，没有半点尘思。

渔父这般形象实在令人向往，他们既是超凡脱俗又是仗义敢为的热烈的人。或许还是一些达则兼善天下穷则独善其身的大抱负者。以致渔父演变为中国艺术独特的题材。无论是画、是诗、是文还是瓷器，只要主题是渔父，都耐看。这形象成了我们精神上纯洁的号召干净的寄托。

我的音乐老师

我没有进过学校，所讲的是工人合唱团的音乐老师。他姓曾，我不忍提他名字。小时候崇敬很多人，曾老师是一个。他是音乐家。不过等到我结识他的时候，他是制作人类骨骼标本的人了。

五十年代初期，我在一家工厂做工，很喜欢唱歌演戏的。参加过省工人合唱团这类组织。曾老师作为音乐家，常常来辅导我们。他有名，人也精致；又正好有几支歌被我们很崇拜地唱着。所以他就是大人物。后来晓得他是一个进步音乐工作者，地下的时候写过骂反动派的歌，组织过迎接解放的群众活动；土改中有支歌鼓舞过千千万万闹翻身的农民。这就更坚定了我对他的敬意。

每当他来，我尽量突出我的音乐天才以求他另眼相看，求他引我为知音。谁知他根本不理我。这使他更显高大，更值得攀附。有一次他走出工人合唱团的活动室，潇洒多姿的呢大衣从我脸上拂过去，那感受就跟我成年后女朋友的头发从脸上拂过去一样。他皮肤白皙，戴一副金丝眼镜。话不多。走起路来看得出急躁，总是一脚碰在凳脚上一头砸在门框上。只在他指挥我们的时候才见到他微笑，只在他跟我们一起唱的时候才觉得他是可亲的。他要求我们唱出力量唱出希望，把新中国的朝气唱出来。

有一次他终于注意到我了。我在大合唱时唱得出人头地。演出完后他把我拉到一边说，合唱不是独唱，要服从整体；不能突出个人，要通过群体来表现。说完他就走了。临走时他把大衣往身上一披，那风度，那派头，令我几十年梦寐求之一件相同的大衣而不得。后来我离开了工人合唱团。我想是在那每天晚上开两个会的岁月。是在那不开会就加班的岁月。当然把他忘了。这时的工人业余文艺活动也不像早先的诚挚。文化活动带上一层暧昧色彩。就是不加班不开会，我也会知趣不再参加。

一九五六年夏天，记得是一个胖乎乎圆滚滚的妹子，送我一张音乐会的入场券。我这才知道他原来可以指挥庞大的乐团。曲目单上介绍他喝过海水，在巴黎先学舞蹈后学音乐。这使我觉得原先对他的崇拜稚气十足。他一出场，我向旁边的女朋友炫耀我早就认识他，还跟他说过话。我虚构了我和他促膝交谈的场面。我的女朋友马上把脸蛋兴奋得更加圆滚了些。透明的天幕深远而魅惑，音乐使我忘记了身边可爱的人。我终场沉浸在有些惆怅又有些亢奋的情绪里。我觉得他给我的启发是不止于美感的。以后好几年没有见过他。有人用矿石收音机收听"美国之音"，听到他的作品在维也纳演奏。我们只敢悄悄地传。其实我们已经没有热忱关心这些事了。

等我再见到他的时候，我站在城外的一座荒丘上举着一把半损的锄头。锄头不知怎么卡进棺材的缝隙里了。我撬了几撬，立刻冲出令人作呕的恶臭。近旁的土夫子们掩鼻跑开。最大惊小怪的是女夫子们。

她们把锄头扁担一撂边跑边叫。土方队长（也是包工头）贺驼子走过来，近前棺材看了看，说道："把酒癫子喊来。"

不等人去喊，叫酒癫子的人闻风来了。他饶有兴致地绕棺三匝，同时请几个夫子（包括我）帮忙把棺材挖出来。我一眼认出此人就是曾老师。一点没有惊诧。他落到这步田地我马上有一个解释。

那件使我羡慕不已的大衣如今残败失色。金丝眼镜有一边是用麻绳挂在耳后的。胡须很长，一副邋遢相。还有用袖口拭口水这样算不得文雅的动作。这回应该有机会真正跟他促膝谈心了。我没有急功近利仓促攀交情，只是替他卖命挖；当然纳闷他对死人的兴趣。

我们下力的时候他席地而坐，从大衣口袋里拿出二两装的扁酒瓶。他身边有一只麻袋和一把小钉耙。这回他用真正欣赏的眼光看我了。其他人坐锄头把上休息，只有我一个人还在撬棺材盖。

一副强壮的骨骼。下半身没腐烂完。臭气就是腐肉散发出来的。他跑到棺材边仔细察看指骨，这又使我纳闷。我没有冒昧问他。他露出苦笑，懒洋洋地收拾骨头，不很满意地把骨头扔进麻布袋。

每当工地上先天挖出了棺材或者当天要挖掘古墓，曾老师就会悄然来到工地上。他远远独坐树荫下喝酒，手中的树枝古里古怪挥舞着。在不是贺驼子的工地上要是出土了骨头，因为人不熟，他会耐心等到收工。他会在暮色苍茫中甚至深夜行动。

不久我知道了，曾老师这样准确来到工地，是贺驼子通风报信。

贺驼子是侏儒，却是卓绝的土方队长。如何笼络施工员如何软硬兼施自不在话下。他的拿手戏是做一手绝妙假垛子。土垛子是土夫子们劳动的计量标尺。贺驼子做的假垛子天衣无缝。（土垛子相当于 Z 轴，与 X 轴、Y 轴定义的平面结合起来算出土方量。平面很大，土垛子加高一点点可多拿好多钱）。

我刚来的时候不喜欢驼子，都说土方队长是喝血的。慢慢觉得他还好，不见得怎样地心狠手辣。他高不过冬瓜，说起话来偏是盛气凌人的。"我不吓了你，老子楼上住的都是音乐家。"我这就知道，原来曾老师是他的房客。

一日驼子在工地上置酒豪饮。男男女女没大没小的，端着泥巴碗你一口我一口。我坐扁担上发痴，空空地看天看地。后来，起身去捉螳螂，看见曾老师在那里数蚂蚁。我带半瓶酒过去，才知他不是在数是在跟踪。我装出对蚂蚁有和他相同的兴趣，跟随蚂蚁跑了好长一段路。蚂蚁列队钻进一座坟墓里去了。那里有一个隐蔽的洞。他扒开碎石杂草，说是盗墓贼留下的入口。随后又掩蔽起来。他靠墓碑坐下，喝着我带的酒，重复工地上打夯的号子。那旋律单调，他重复几遍后有了发展，开始变奏。我认为他发挥得非常好。

他简直跟从前一样没把我放在眼里。

我有了好主意，哼一支他的歌。这招灵。他闪亮眼睛瞧我。我边哼歌边装着看蚂蚁。他竟没再理我。突然起身就走，差点被一个树桩绊倒。我赶忙扶他，边走边说，说他曾经是我们的辅导老师。他尴尬。我敏感到可能是我（过去的）领导阶级身份作祟，便从容告诉他我不再是工人，是道道地地的土夫子。他明显亲热些，把手搭在我肩上下个陡坡。

曾老师终于邀我喝早茶了。有机会就邀我。我每次都是早早起床，赶到城边一家离他住处不远的茶馆与他晤面。往往驼子在场。往往是那些老茶客。到贺驼子家坐过几回，曾老师却不邀我上楼。他在楼下假贺驼子一方宝地接待我。

我当然已经知道曾老师现在赖以为生的手艺是制作人类骨骼标本，贺驼子还是从地上捡了几张过期的合同给我看。这些合同每张除数量参差外其他内容是相同的：名称——人类骨骼标本；规格——常人高；材料——真骨。或者是：名称——分离头骨标本；规格——常人头骨；材料——真骨。

他每早跟驼子同赴茶馆，两人默契地找个僻静角落坐下。驼子就在这时候向他提供有关迁坟徙墓的情报。告诉他某坟无主，某坟不能动，或者工地上挖出了多少口棺材。

有个叫海爹的茶客，天天贩卖南门外闹鬼的新闻。他有声有色，情节离奇。驼子手捂茶杯一言不发，狡黠地笑。

逢上下雨天工地不开工，我就到驼子家去玩。曾老师大都把自己锁在楼上。

只在他处理骨头的时候才能接近他。骨头拿回来要执行去除软组织和打磨关节面等等工艺，这些都是在后坪中搭的茅屋里做的。茅屋里有口大铁锅，我帮忙煮过骨头。做完后，他递支烟酬谢我。

这天我坐得晚。贺驼子预言："你再坐会，包能听到他发酒疯。"果然，约莫晚上九点钟的时候，楼板响起踢踏声。我记起他的烂皮鞋是钉了铁后跟的。这声音开始极轻，有如一只被风浪击得千疮百孔的小船躺在沙滩回忆往事，一圈圈波澜从他心的深处向空中扩展。踢踏声的节奏慢慢激越，楼板缝里有灰尘落下。驼子端茶避开去，独自坐坪里抽烟。

节奏变得紧而密的了，逐渐变得狂热、炽烈，变得多情而贪婪。整座楼房都在抖。我全身紧缩，怕一根牵系他生命的弦突然断裂。

楼板上的节奏越来越疯狂。土地微微颤动。我相信只有入了魔才能这样表现。只有入魔才能把生命倾泻得这样彻底。他是在舞蹈，以一种特别方式寻求自我的解释。此刻他是一个舞蹈着的音乐家。一个只有脚功能的舞蹈家在阐释失去旋律的音乐家。他的音乐只留下硬朗节奏，犹如生命只剩下叩击有声的骨头。驼子说，这是他最快活的时候，并不容易碰上他这样快活。

踢踏声停下来，寂静了好久。听见他开门。又隔了好久，听见他下楼。他只下一半，形销骨立倚在楼梯扶手上问驼子："没酒了，你有吗？"

雨季来临，这是土方队的淡季。贺驼子带上比他高出一头的老婆下乡走亲戚。我只得另谋生路，去一家街办工厂做钳工。一天下班，出厂门就碰见曾老师在麻石街上踟蹰。一个可能是他旧游的人与他劈面相遇，站住想跟他打招呼。他却用如醉如痴的目光从那人脸上扫过，带着有点酒香的微笑蹒跚走了。我追上去，叫"曾老师"。我一直这样称呼他。他很高兴，怪我好久不去看他。我邀他喝酒，进一家偏僻的小酒店。他记起来我是工人文工团里最小的成员，回忆了一些当时的情景。我们谈得很投机。

他忽然沉默，自顾自喝闷酒。我以为是我什么话刺激了他。又听他说，弹钢琴的不行，手指太短了。我以为他是说的从前乐队里某人。我断定他醉了，搀他回去。一路他都咕噜着，不行，不行，再找一个。天上乌云翻滚，道路漆黑。我后悔喝得太久了。前头还有好长的泥泞路。

我扶他上楼。他的手不听话，费了点工夫才打开锁。灯光一亮，毛骨悚然的场景出现了。

这是一间很大的空房，面积是楼下一间堂屋两间卧室一间厨房一间杂屋的总和。没有天花板，瓦缝里不时漏出闪电的白光。一个整齐的阵容摆在我面前，那是一群制作精良的人类骨骼标本。它们按照舞台上乐团那样布置。每具标本的颈椎骨上用绸带系了领结。这些标本有站的有坐的。旧钢琴前也坐着一具标本，摆出弹奏的姿势。他摸着它的指骨要我看。"不够修长，对吗？做粗活的。"

他睡在木板上，木板放在四块窑砖上。火缸旁边的碟子里有吃剩的卤菜。横七竖八空酒瓶。

发现他新写的乐谱。在我看这些东西的时候，跟远处的滚雷一起，响起急促的踢踏声。他又那样踏起楼板。兀然林立的标本随着楼板的震颤摇头摆足，在昏黄灯光下产生很不人间的效果。我本来想走。现在更想立刻离开这地方。不是怕，我并不怕。想离开罢了。正巧风雨大作雷电交加。犹豫了一阵，想来想去还是留下了，把一个瓶子里剩下的酒喝得精光。幸好不久他停下来。我乘酒意和衣便睡，不想再跟他说话。

过了那夜，我知道他是不能离开艺术的了。离开艺术，他便是凡夫俗子，便是平庸的多余人。他已经有了集这种标本的癖好。面对连缀起来的骨骼，他有不同于比较解剖学家的发现。

他跟白骨打交道的时间不短了。起初不过为了果腹。医学院校及综合大学的生物系找他订购人类骨骼标本。他有了制作的热情。是门不错的手艺。同样需要专心致志，需要勇敢和勤劳。记不得从哪天起，学校不再上课了，再没人上门要货。原本订了货的也没人来履行合同。标本积压半楼。

长久的无所事事，他开始精益求精于自己的作品，不断摆弄它们，终于走进了他的梦幻。他把这些由生命中最坚实的材料制成的作品组成乐队。是他赋予了它们灵魂。他又可以创作可以排练可以演出了。在城市边缘的木楼上，他把自己封锁在自己创造的幻境里。

那天早上我是冲着雨回家的。蒙头睡一天。我梦见他在荒原上呼唤。他呼唤一位大师。一位杰出的钢琴演奏家。他爬到山顶，看不清脸，只听到声音。这声音不是一个人的声音了，是磅礴的大合唱，继而变成万籁之交响。一切有灵物与无灵物之交响。这个梦很长，老是重复几个镜头。我清楚是梦，好几次刚到醒的边缘又沉回梦里去。等我挣扎醒来，已经下午两点钟。

没等到吃晚饭我又去找他。我有个想法，想把他从魔境中拖出来。长此以往人会消耗殆尽。路上碰见送葬的队伍，一路十几辆汽车。他们用冲锋枪送葬。柏油马路上满是子弹壳。头辆车载的灵柩，第二辆车上坐满丧葬班子的吹鼓手。他们声嘶力竭吹着流行的丧葬音乐，暗示死者是死得其所并重于泰山的。

我直往城外走去。

白走一趟，大门上挂着好大的老式铜锁。连去几次都这样。等到贺驼子从乡下回来，才请驼子打开楼上的锁进去看看。楼上依然如故，只是钢琴前的那具标本被撂到墙角去了。驼子认为，他是去了外地推销产品，想要活不找门路不行。

没过多久，有件事情使我和驼子非常不安。那天我去茶馆找驼子聊天，顺便把我不再回土方队的打算告诉他。有朋友介绍我去南门的一家街道工厂，那里的活要轻松些。驼子挽留我，说无论什么时候有难处就找他。

邻座有茶客挑逗海爹："海爹呀，您老人家那鬼如今安在呀？"不料海爹并无难色，从容答道："那鬼吗？早打了。如今祖坟山清吉了。"

驼子和我同时一怔，茶没喝完就去他家商量这事。驼子很慌："哎呀，这酒癫子！莫不是去挖那座坟了？我跟他讲过那坟动不得，虽说无主，却在人家祖坟山上……"后来又说，"不至于罢，总得有个尸呀。"

事情就这样过去了，曾老师终究没回来。

此后我去了南门大古道巷的工艺美术厂。谁介绍的记不清楚了，可能是钟叔河。这家街办厂有点意思，是个"藏污纳垢，牛鬼蛇神成堆的地方"。正在天井里做石膏胸像的年轻人是写《火烧红莲寺》的平江不肖生向恺元先生的孙子。躲在后院墙角煮骨头的是湖南师范学院生物系讲师郑英铸。做几何教具的陈孝弟是某大学数学老师，他一边工作一边给姓仇的大学没毕业的年轻"右派"讲傅利叶级数。旁边小房里埋头钉板板鞋的是鲁迅先生在《记念刘和珍君》一文中提到的"一样沉勇而友爱的张静淑君"。她满脸沧桑，沉默、高贵。钢琴家罗世泽不知做的什么业务，跑上跑下。至于钟叔河夫妇，做的字画装裱。他们裱糊手艺精到。与钟叔河莫逆的朱正戴着高度近视眼镜描图，他是解放后第一本《鲁迅传》作者。

这里有一个做人类骨骼标本的人，更怪的是有一个驼子。这个驼子要是不驼便是美男。他待我好到只能用温存形容。他姓张，叫张衢鹏，是这个工厂的女厂长易欣嘉的儿子。易欣嘉是以街道办事处副主任的身份兼的厂长。我们不叫她易厂长都叫她易主任。我想过，这么多牛鬼蛇神能聚在这里安身，多与易主任有关系。那时的街道干部没几个好人。易主任不但人好，其涵养是那个时代绝迹的贤淑。我不明白她怎么会被重用。她应该是书香门第吧？几十年后的今天，她有一个孙女出了名。唱歌的，叫张也。当时我的猜测作兴没有错。

郑英铸住营盘街，离我家近。第一次去他家是张衢鹏（我从不叫他驼子）带的路。我问郑英铸，你认识做你这行的一个姓曾的吗？他说那是我徒弟。是我教他这门手艺的。郑英铸说了许多曾老师跟他学艺的事（一九八〇年后，郑英铸先生在长沙教育学院教书。他工水墨画。上门求画者多惮其床下的一堆人骨头不敢进门）。

多年之后，正好是蚂蚁、微生物，还有老鼠、黄鼠狼足以把一个人的筋肉啮尽刨光的那么多年，我又回到了驼子的土方队。驼子又在我重遇曾老师的工地附近承包了工程。原来的工地上，本该出现一个大工厂的，现在立着的是稀稀拉拉的脚手架。到处堆着砖头、石灰、水泥。

要掘一座大坟了。我依稀记得这是我跟曾老师追踪蚂蚁的地方。坟墓被掘开。棺材早已腐烂。人们诧异地看到，在躺着完整的人体骨骼的棺材旁边，沉默一具斜倾的骷髅。他一身雪白，他是干干净净的。他右手握住钉耙，手电筒被朽塌的木屑埋了半截。我注意到棺材里那副骨架的指骨，的确修长。

我认为贺驼子早就有所推测，只是今天才证实而已。曾老师的颅骨有裂纹，是为钝器所伤。驼子完全懂得把人当鬼打的扁担砍下来的痛快劲。

贺驼子猜想，那夜曾老师被打伤后钻进坟墓里躲避，就这样再没能钻出来。

一次邂逅的纪念

此文是一次邂逅的纪念。

在一处不为人尽知的胜地我遇见过一个不能用美丽形容的美丽女子。那是在三十多年前，在一九七五年五月。我心不在焉地看着而不是欣赏着精美的石雕。我确实没有多少心情深入到古代的智慧中去。那年月，彷徨和不安是基础精神状态，尽管看上去好像是清闲的。

我的眼光散乱，绝不是气定神闲的优游。触目可见的崖壁上的雕像，也没给我一点出世的感觉。

这是个没有名气的地方，游客当然不多。碰见的人多数不是游客而是附近的山民。一个身着青布衣服围着白头巾背着背篓的老婆婆对我说，有缘的人可能遇见某个洞窟里的女菩萨，却不晓得是哪一个洞。我神往，站在据传是天人踏出的巨大脚印上瞭望。

山下河流环绕，阳光下波光粼粼。

我忽然看见她。她身边的老者后她半步，一身休闲打扮。她笑着，从我的右边走来如从云端飘落。

她越来越近了，那是不容漠视的美丽。

她肯定不是我们这里的人。莹薄飘逸的衣裙含蓄而恰当，举止笑谈中溢出纯洁和快乐，好像要告诉我人应该是什么样子的。我突如其来地沉醉了。

她的出现是猝不及防的事件，陡然间我慌乱到不知如何调节我的感受。我从不曾以为人在超乎寻常的美的面前也会慌乱，也会手足无措。汹涌的美的波涛恣意奔腾，我一点反抗都没有地被淹没了。我挣扎着，尽力使自己保持正常的判断能力。我觉得应该先离她远些，搞清楚是毁灭还是拯救再说。

我远远地看着她，也不知隔了多久。

慢慢地平静了些。最初的冲击已经过去。我平静得像在博物馆的画廊里了。

我在欣赏一幅神的作品。她是一旦消逝便不可再现的东方美人。我被她勾摄，整个地投入到她了。

她拿出相机，不拍石雕也不拍碑刻，她只拍宁静和生机。她把镜头对准展翅的山鸡和飘扬的落叶，造型别开生面的蟒根也在她的兴致里。她一路用手清点着数不清的小小的石窟，在一块蝌蚪文的古碑前沉思了好久。

奇怪的是，虽然不能和她太近，却能感觉到她的体温，能感受到她在微风轻拂中的惬意。我能闻到充斥在围绕着她的空气中的令人神迷的浅香。一时我竟不以为她是人。

她飘落到我身边。硕大的造型特别的耳饰说明她来自异域；腰间饰物散发出檀香，古朴到我相信那是价值连城的了。尤其是耳饰，很默契地，一点阿谀也没有地映射出她。

她离我越来越近，我能真正听到她的声音了。她跟身旁的老者在说话。那人有古代波斯人的胡须。他的胡须齐整地围着下巴像一把葵扇。我已记不起听到些什么了。当时也没把她说着什么认为是重要的。朦胧听她悠远的琴声般震颤着的声音，人世间的语言便没有任何意义。我们不能在此之前相信竟有这样的声音。这声音不能听，你不可能用耳朵去听这样的声音。她的声音不是可听的。只能梦，是只有梦才能解释的事物。

我不由自主地紧随她，像一个热烈崇拜主人的奴隶。我不知不觉被她牵引爬到人迹疏落的高处。我期待她回过头来支使我，喂，你看到我脚趾上的尘土了吗？

她的脚指甲涂有月季的颜色。我想跪下吻去上面的尘土。

我好想她在攀缘的时候伸出手来，要我搀扶她踏下最后的险峻。这是艺术巨匠的工作室里才能有的手。那手能给我的信心，能给我如雨后森林中射下的光柱一样的照耀，在她还没有伸出手来的时候我都体会到了。但她终究没有向我伸出手来。

我跟在他们后面，把正巧在他们后面处理得不着痕迹。老者总是也那么自然而然地恰在我和她的中间。我猜想这是仆人。然而他的气质高贵。他处处都在精心维护她。他背上驮着的旅行包要我掂量足有三十公斤重，而他就像背了一个大气球。他的登山鞋像有蜥蜴脚板底下的吸盘，不管山路多么陡峭滑腻都如履平地。要不是他们时时停下来观赏碑文和石雕，我应该早见不到他们影子了。

说他们观赏并不准确，他们更像是在追怀、喟叹，这个地方似乎与他们有久远的牵连。

攀登到一个高处了。四野空阔，一览无余。鸟都已飞去。只有草丛中低语的小花盛开。我这可怜的俘虏，唯有远远地注视。我不能太贪婪。

老者从背包里取出一只所剩无几的矿泉水递给她。那时中国还没有生产矿泉水。就凭这一点，也可断定他们来自远方。

她坐了不久一阵又站起来，向天空举起双臂；和煦的微笑荡漾的衣裙在旋转，美就在轻旋里诞生。

　　向着蓝天她天真地笑出声，于是我看到舞听到歌了。我不能判别是她在模仿风中摇曳的小树，还是小树刻意跳进风中来模仿她。她又不只是风中舞动的树，她还是涟漪是波浪。或许她就是风，满怀阳光款款轻袭的风的姊妹。我徜徉于轻松的神秘中了。

　　我可怜巴巴地望着她，巴望她哪怕是蔑视都好地看我一眼。可我对她来说不值一顾。她非常流畅地像是刚才舞蹈的自然发展，张开双翅飞下山去了。

　　我不好意思再尾随，那也太露骨。我留在平坦的高地上旷世孤独。

　　我捡起那只矿泉水瓶，像一个乞丐。这只空瓶我当宝贝般把玩了好久。瓶内还剩有几滴。我把这几滴水浇向一株野兰。我希望看到奇迹。野兰倏忽开放，蔓延成一片不同凡响的五月。

　　我坐在她坐过的石头上惆怅。空气中隐晦她的香。

　　近在眼前的美的奇迹，为什么遥不可及。

　　我知道她是早晨的云彩，我努力捕捉过，希望她慢些再慢些消散。

　　她还是消散了。

　　太阳已西偏，我从她下去的地方下。出乎意料地又看见她。她在下面不远处一块巨石上休憩。使我战栗的是她竟抬头望着我。这是一路上不曾有过的。她的眼睛像遥远的星辰，光芒穿透黑暗直射向我。我感到她的召唤，急匆匆下山，从只能容一个人通过的石板路跑下去。转过峭壁，就见到圆圆的巨石了。

　　也只是见到了圆圆的巨石。

　　又见到了先前见过的老婆婆，就是刚踏进这石窟景区时遇到的老婆婆。她是从一棵大树后面闪出来的。她的背篓里采集了好多草药。我跟她老人家聊起来。

山上有草药吗？

满山都是。

这些草能治病吗？

当然。能活人也能死人。

这么铺垫几句后我才问，您老人家看到刚才有两个人去哪里了吗？
一男一女。

我还做了些更细致的描述。

她说没有，一路来都不见人。少人爬这高的，她说。只有两只"乖
不得乖"的小鸟飞走，从那石头上起飞。她指着那巨石。

我爬上巨石，回头已不见老婆婆。这我一点都不惊异。在大山里
生活过的人，见识过山里人矫捷的身手。

一只羽毛青黑、头顶有一小块白斑的鸟拍着翅膀向对面飞去。

我斜躺下看云。

应该是睡着了一会。可能太累了。醒来时闻到今天的香。这香仅
仅属于今天我不会弄错。还有乐音，轻烟一样从我身后氤氲而至。我
急忙翻身朝后望去。什么都没有，只有一个石窟。这个石窟在这里算
是大的了，能容人躬身探进去。石窟正面石壁上有一个飞天。飞天的
衣装跟敦煌的没什么两样，但耳饰和环珮跟我今天看到的她的一模一
样。下方手操奇异乐器的男人是盘腿坐着的。那男人虽说戴了尖顶的
毡帽还披着白色的长袍，他很特别的胡须却是我早就注意到了的。

我只能下山。没下太远又转回头。我想再看看石窟里的飞天。这
经历就算是幻觉也值得回味。

我循原路走回，才发现尽是相似的圆形巨石和石窟，不管怎么费
尽心机，再也找不到那个洞了。

痛饮流年

许多事早就忘记了。许多事记得却不想再记得。去记忆中折腾有时候有味，有时候又并不是使人怡然的事情。

下面这些片断，乃柏立女士寄来她父亲的书稿《柏原流年》所引起。

我能回忆的只能是一些寻常小事，与他共过事的老同志特别是南下前就和他一起工作过的人，才能写出轰轰烈烈岁月里有意思的经历来。

我最初进的那家工厂，二十世纪五十年代初几度易名。我进去时叫湘翰印刷厂，这时还没解放；一解放就叫湖南省人民印刷厂。后被划归新湖南报社管辖，改称新湖南报印刷厂。最后从新湖南报社分出来，称湖南省新华印刷厂至今。

在这家工厂是新湖南报印刷厂的时候，我们厂里的青年工人星期六喜欢去报社跳交际舞（就是这样叫的，叫跳交际舞）。第一次工会组织我们去跳舞都不懂是怎么回事。吃晚饭时高音喇叭已经通知全厂职工，"想去报社跳交际舞的同志七点钟到操坪集合，整队前往"。那次由杨治凡出面组织。杨治凡做校对，厂里少有的知识分子，一个热心肠的人。只有十几个人，杨治凡见我穿的蓝布内裤旧背心，说："去换条长裤吧，也不好穿背心。"

报社新建的大楼在经武路。三楼南头的会议室，星期六做了舞厅。报社到底是报社，放的唱片比厂里高级。我不大跳，多半坐在一旁看和听。那时我十二三岁。女同志对这年纪的男孩子提不起兴趣来。好在还有两个只比我年长一两岁的师兄，坐厌了我们也去舞池边边上一二三。

有回舞会上出现了一个人，这个人是二十几岁还是三十几岁搞不清楚。从看见他起我就一直盯着他。整个舞会放光了。至少我是这样感觉的。他身膀直挺舞步刚健，我才晓得交际舞可以跳得这样优雅。和他比，其他人俗。比方跟我同车间的熊姓年轻师傅，他下舞池令人联想类人猿。我景仰的这个人来得少，后来竟至无影无踪了。这个人是柏原。一个风标颖彻的伟丈夫。我知道这个名字是在多年之后，大体是在经历了两件规模空前的大事之后。这两件事一件是反右，一件是大跃进。

工厂从柑子园搬到了湘春路。厂门朝南，对面是省妇幼保健院。大门后的水泥通道宽敞，两部大货车品得排。大跃进时这条通道上东边是一排炼钢炉。职工同志们把家里的烂铁锅、瓮坛盖、火钳捐献出来了。我们为超英赶美做出了自己的贡献。一位老师傅说了一句："这也炼得钢？"他立即受到了应有的惩罚。大鸣大放时这条通道是贴大字报的地方，也是在东边。说这是帮助党整风。大字报栏的上方有好长一绺大红字，写着"百花齐放，百家争鸣"；"知无不言，言无不尽，言者无罪，闻者足戒"。有人动员我写大字报，要我表现积极点。我是落后分子，确想乘机充积极。痛苦的是我对党实在一点意见也没有，写不出来。

人们措手不及，大鸣大放演变成反右。运动尾声时，工厂揪出了杨治凡一个"右派分子"，还挖出了一个反革命集团。反革命集团的成员是几个舞瘾特别重的人。他们几个人平日惦记着周末的舞票，于是分工搞舞票，有某人是"外交部长"某人是"联络部长"的玩笑话。这就成了铁证。这就成了反革命集团。工人不会划"右派"，没有学历不是干部不够资格当"右派"。这几个喜欢跳舞的人是成了"团"，要不成"团"，只会打成"坏分子"而不至于"反革命"。幸亏我写不出大字报。不然，坏分子！比"右派"难听得多。

说起这些事，其实是模模糊糊的，先后次序都可能搞错。这是吃了不写日记的亏。我不写日记是没什么好写，初一十五差不多。再一个原因是写不好字。我又偏晓得字要怎样才叫好。看着自己一手猫抠的字，抑制了提笔的兴致。所以这辈子不写日记。

柏原有日记，打他成极右分子的材料出自他私下里写的字。他的日记中记了一句恩格斯的话："不相信一切神圣的东西。"这证明了柏原"反动透顶"。整人的人有一套上纲上线、分析提高的技术。看是什么人，欲加其罪的人就是喊社会主义万岁，也分析得出狼子野心来。

一九五八年春节过后，新湖南报社宣布了对"右派分子"的处理。柏原的处分是最重一级：开除党籍，开除公职，送劳动教养。他听到这样的处分很平静。报社编辑部有半数人是"右派"，老战友老领导是"右派"的不乏其人。他要不是"右派"反倒尴尬。

他被送去株洲劳动教养。在前后差不多的日子里，全国有近百万受过完整教育、智力充分发达的人被送去劳动教养。

柏原于新事物也有盲点，他只晓得劳动改造不晓得劳动教养。到劳教所后搞清楚了，劳动改造有刑期，劳动教养不定期。说你教养好了放你走；说你没教养好，留下来再教养教养。

那阵子我们动不动碰到史无前例的事。"自然灾害"也凑在一连串的"史无前例"之后来了。我们吃不饱，我们嘴馋。容易买到的只有自来水加糖精做的冰棒。水肿病使我们都胖了，一街的胖子猴起手吃冰棒。冬天里长沙市街头，上下飞舞的不是落叶，比冰棒更冰的风，卷起满城冰棒纸团团转。好像就在这奇观过去后不久，柏原解除了劳动教养，摘掉了"右派分子"帽子。他以"摘帽右派"的身份到我们工厂来了。我们这就认识了。他如多年前初见时那样清朗，没有逆境中的窘迫相。

他先在工厂的红专学校教高中语文课，后来又在红专大学教中文。我是工人，要上班，星期日或他没有课的晚上，我们有时在一起。那时他住经武路，一栋两层楼的红砖房。从北面的侧门进去有一条过道，进门右边是楼梯。楼梯下狭长的小间，是他的书房兼卧室。那是他自己用木板隔出的天地，也可能是申请来的原来放置扫把、拖把、筲箕的空间。楼梯对面四四方方的大房，住着他妻儿五口，紧邻的西面也是同样的房子，住着邓钧洪夫妇和他们的儿女。

邓钧洪是新湖南报社原社长。耿介的知识分子。寡言。多数时间沉默。或许是无法中断的沉思。他们是老战友。从冀察热辽中央机关报《群众日报》起他们就在一起工作。

柏原穿过两道封锁线到达解放区之初并不在群众日报社。那时群众日报是李锐当社长。有一天，李锐传来口信，希望能在报社见一见柏原同志。不久，他们在报社见面了。再不久，柏原调到了群众日报社。

群众日报社曾派一个由四个人组成的记者团赴锦州随军采访。邓钧洪是领导，柏原是记者团成员。现在两位都成了迷途流荡、思斗升之水不得的涸鲋，相视无言的时候多。虽然他们不再是党员，在心中，在思维习惯上，纪律仍然有约束力。他们只能在一个狭窄的空间思考。

从前文士落魄，可以疏狂，可以放浪，他们放浪疏狂不得。学生时代植根心灵深处的信念犹存，无论遭到怎样的贬斥，也做不到身心直下透脱。就说被送去劳动教养，人家是把你扫地出门，视你为敌，而在他们心里，或许是服从组织安排。

我们蜷缩在楼梯下聊天。柏原坐床，我坐蛤蟆凳。他读书、备课、改作业都在床前的小条桌上。二十五瓦白炽灯泡照耀迥异生涯。

并没有沉重的话题。他过去的一些经历我多半是在这时候听说的。尽管他说得轻松，我还是能体会，假如解放战争中，在某次战地采访时牺牲于战场，是要比现在这样活着容易得多的事。

他说话平朴亲和，有亲和平朴的细腻。他的语言不是锋芒劲逼的风格。

他深深爱着妻子。不止一次地跟我说过他们的婚礼。他要给新娘头上插一朵花，新娘跑，他追了几间房。由是我推测陕西沔县的他家殷实。

他"不止一次地跟我说过他们的婚礼"，我就想他在不幸福的此刻思考过什么是幸福。他说起金玉洁的美丽贤淑，是满足、骄傲而愧疚的。志向宏远的男人，有时忽略了最基础的幸福。遭遇摧折的时候，爱情与家庭，能让人把不堪承担的痛苦继续像大丈夫那样承担下来。

这时他四个儿女都小，妻子承受的政治上、生活上的压力不比他轻松。他应该在妻子的坚忍中，发现了人生的真实渴求，它产生跟豪言壮语不相干的坚韧力量。

这是无可遁逃，无可倚恃，虚无也不可以的年头。"只能如此"逼他适应了新的身份。养家糊口的责任，取代了当年给妻子写下绝命书投奔解放区的崇高冲动。

做代课老师比劳动教养好得多了。劳教时他见一管教人员还和气，失口称那人"同志"。那管教正色曰："你要搞清楚自己的身份。"现在，千多人的工厂，没有哪个歧视他。

他很细心地备课，谨慎处理那些说不清是学术问题还是政治问题的内容。下课后找工人师傅征求意见，和当年在解放区做群众工作一样认真。他板书好台风好，大家都喜欢听他讲课。

学员对他的欢迎敬重给了他安慰，加上一份稳定的薪水，这段日子算是过得舒心的。不能不提到职工教育办公室的负责人解六鳌和李为群两位。他们都恭恭敬敬称他"柏老师"。李为群更成了终生好朋友。李为群书读得好，说话、作文不用"也"喜用"亦"。有次他公开对人说："柏老师既摘了'右派'帽子，他亦就不再是敌人，亦就是我们要团结的对象，亦就是我们队伍中的一员了。"李为群是湘阴人，"亦"字从他口里出来，只觉儒雅。

解六鳌和李为群尊重他，学校里其他老师尊重他，眼前是好过了。几年后，这又引来了一张"打倒解、李、柏三家村"的大字报。这张大字报出炉的时候，我离开新华印刷厂多年了。

我是一九六四年十一月去江永县务农的。等我某天再流回这个城市，红专学校早关了门。工厂撤消了被知识分子、牛鬼蛇神霸占的讲台。柏原和与他处境相近的人，都在为新形势下怎样生存伤筋动骨。他们本是自我再造能力极强的人，流落到社会上，什么事能做。但这个时候似乎连捡破烂也没他们的份了。他们要应付抓捕、围攻、殴打甚至于更严峻的局面。

柏原就惨遭毒打。

我一直以为殴打他的是新华印刷厂的人。读了《柏原流年》才知道是"红色新闻兵"干的事。《柏原流年》写道："新闻兵喝令我跪下，我指着台上高悬的毛主席肖像说，'毛主席没有下跪的指示'。他们拳打脚踢，把我按倒在地，又提起来，想迫使我屈膝。有个人喊，'把他的大衣脱掉！'，脱掉大衣后，如雨的拳脚令我疼痛多了。不过我虽东倒西歪，还能挺住，但一只穿着皮鞋的大脚对准我软肋有力的一蹬使我倒下了。殴打持续了两个小时，我记得在乱哄哄的人声中有人叫喊：'打，打死他！打死了往窗外一丢，就说是跳楼自杀。'"

他两次被打。这两次之间的日子靠一些朋友接济。东一家西一家躲藏。第二次被打之前他记得起的最后一个帮助他的朋友是住东牌楼的苏孝先老师。后头还有哪些朋友帮过他想不起来了。《柏原流年》说："离开东牌楼后又去到哪里避难记不清楚了。这时年关将近，死活是个中国人，忘不了传统，要回家去'阖家团圆'。这年一月三十日是大年初一。二月一日，也就是这年的农历正月初三，'新闻兵'又把邓钧洪和我抓到报社去。一个外号叫龚矮子的边推边嚷，用手枪敲老邓的头，鲜血顺他后脑流入项背。我们被押上台。按下去强令跪下。挂上牌子，用喷气式的姿势拍了照。新闻兵按时新的种种污辱人的方式套用完毕后才进入正式的批斗程序。我创伤尚未复原，不敢顽抗，任随他们处理。但还是免不了拳脚相加。

"斗争会后，老邓和我被关押在报社传达室的一间空房里，睡在一张临时搭起来的小木板床上。老邓长我六岁，那时已年过半百，又有心脏病。他躺在床上一夜呻吟。我旧创新伤，辗转反侧不能成眠。

"我妻子去找了解六鳌老师，解老师又去找了新华印刷厂'工联'的负责人宋桂潮。他们到报社来和新闻兵交涉。说柏原是新华印刷厂的人，应该交印刷厂处理。我被解六鳌、宋桂潮接出来后回到新华印刷厂。宋桂潮把我交给一个叫王三的青工。宋桂潮对他说：'你要跟他住一起，你负责。'又嘱咐我'不要出大门，人家再抓到你，我们就管不了了'。

"这样，我就被新华印刷厂的职工保护起来了。"

我是在新华印刷厂长大的。在这里我度过了踏入社会后最初的也是最单纯精力最旺盛的年龄阶段。虽然如今走进这家工厂无一人识我，但我对它的感情如故乡。现在知道了"我的工厂"没有迫害他，"我的工厂"保护了他，我像热爱故乡那样更加热爱"我的工厂"了。

几十年来，我一直误会是新华印刷厂的人毒打他也是事出有因。因为写"打倒解、李、柏三家村"的大字报的那人是新华印刷厂的。看来这人的投机没成气候，没能战胜我的同事们对柏原的友好感情。

在当时形势下，新华印刷厂的职工无能力长期保护他。其间他去东区医院治疗过。某天一个姓易的医生告诉他："有消息说今晚有人来医院抓大'右派'，你赶紧跑吧。"

这就找到了我。

太久了。那时头脑本就是一团乱麻，子丑寅卯说不清。莫说他是怎样找到我的说不清，就是问我吃了早饭中饭哪来的我也说不清楚。在我的印象里，如身处一只巨大的不透光的麻袋，他从一角朝我走来。危机四伏地静。涂抹不开的夜胶一样粘住他。没有呻吟，一言不发，拖着沉沉黑暗慢步向我。应该是早有约定。我们沿着五一马路朝西走。

他昂着头，望着河那边的山影。我们说过要去云麓宫一醉的，终归梦回岭峤。

我带他到刘子章家。湘江边上一条小巷子里。此地得天独厚地少人关注。

刘子章已安排好，两夫妻和六岁的牛子挤一床。牛子的床让给客人睡。

刘子章矮。耳背。侠义。什么都不在乎。难得见到他那样助人不顾后果的人。

子章是有点听不清楚。不过听得见朋友的话。其他人跟他说话，他笑容可掬地张开嘴"啊？啊？"。

子章总是笑，行住坐卧都在笑。劳教时这笑帮过他的忙。管教说他态度好，没怨气，最早一批摘下"右派分子"帽子。不过这同一种笑，曾经有过另一种评价，说是顽抗、是敌意、是不思悔改的花岗岩的笑。

刘子章跟他爱人杨慈婉当劳教犯的时候成功恋爱。登记结婚后，子章特意去航运局向打他成"右派"的领导道谢，说"搭帮你老人家了"。他给那领导留下了几根笔杆子糖。

子章夫妇的真诚，使客人一点拘束都没有。夫妇俩不但不嫌烦，甚至明显地兴奋。友谊如花香充满矮小的屋子。我们忽然觉得有能力抗御冷硬冰窟里的深寒了。方桌上摆了酒和兰花豆。柏原善饮，举杯相碰的音乐比酒更醉人。他们在不认识之前已经是老朋友了，因此没有客套。柏原饮过两杯，自顾自凝视板壁上一幅山水画。他进入那一点点山一点点水里去了。他或想往宁静宽容的天地。等到从山水里出来，不知哪处伤使他做出痛的表情。很快恢复了笑。笑得比先前轻松比先前宽广了。这是"敌我矛盾作人民内部矛盾处理"了近十年的笑。

当然，还是看得出笑里包藏的痛。那痛不是肉体的。此时经受的磨难、屈辱，找不出一个光荣的理由才是彻骨的痛处。他望了一阵窗外。没有月光，没有路灯。视线又回到朋友之间来。不用说，我们心里都有同一问，这样的日子还要熬多久？

这样的日子还长，后面还有十几年。我们当时没有能力预测这个十几年。

在这十几年中他搬过两次家。先在局关祠。危房，楼梯咯咯响。上楼时我总担心楼梯会塌。后来搬到北门城市边缘一条小巷子里。那地方叫十间头。同李为群合租一处。李为群说："我们是患难之交亦是邻居。"

有次碰上他们两家缴伙买了只牛头，在屋檐下炖。三个人喝了一餐好酒。那日凉快。巷子里有风。李为群兴起，大谈《前赤壁赋》。他们两个都背得。李为群通篇诵读。都认为这是古代散文的第一篇。它的深度不在同时期西方哲学家思想之下。但它不以表达思想而满足。苏轼是一位艺术家。他实际上创造了一种节奏，一种韵律；使人享受的是不亚于音乐的文字快乐。三个醉人，美文佐酒；檐下颠倒，直至天昏。柏原那天说，人活一世，真像做文章一样，想要实现自己的审美理想，必得处处留神。笔墨须脉离不得自家丘壑。超逸、散淡、庄严、方正，都需大面上照管。人生毕竟又不同于做文章，最无奈是谋篇布局有由不得自己的时候；遇势所不堪，亦不能胡乱下笔，俯仰随人。

这时他的儿女大了。女儿可以跟妈妈下乡种田，儿子可以上街推板车了。他自己在街道工厂被人称为"柏师傅"。这是当年武汉大学毕业后，连毕业证书都等不及拿，急匆匆北上寻找解放区的青年始料不及的日子。他必已解决了信念与现实的冲突。他作为丈夫、作为父亲、作为一个生计艰难的小百姓很好地活下来了。莫轻描无可奈何的日子，五味杂陈便是丰富。高压下能维持精神品位的人生是精彩的。他的人生是精彩的。襟抱不凡的知识分子这样无声地活下来，必有一个精彩的内心世界支持才可能做得到。回想一下那时我们经受的精神虐待，就知道不是一件容易忍耐的事。我们鄙弃的品行，正是在我们头上挥舞棍棒的人的本质。他们培养监视的眼睛窃听的耳朵告密的嘴，逼我们在看不见的网罗下变节。他们最狠毒的一招，是把我们原已拥有的信念抽空，使思想失去根据地，使我们的灵魂变成孤魂野鬼。这股力量过于强大，以致可以钻进心灵捣碎一切，让我们原有的可以使我们是一个人的东西变得可疑。我们必须不断地重建，重建后又被摧毁，摧毁后必须再建设起来。我们就是在这样的挤轧下抗争，否则我们都会变成无耻之徒和行尸走肉。

进入他人生后半场，这"十几年"结束了。他先组建了湖南科技出版社并任社长，后又调湖南省委任组织部常务副部长。他没有忘记友谊，与苦难中的朋友交游如旧；逢年过节一定会去的是刘子章家。

在科技出版社时他戒了烟。

一九八六年他专程拜访过母校。刘道玉校长听他说到"毕业后没来得及拿毕业证书"即着人查。很快就找到了他的毕业证书。当晚回到宾馆，给我打来长途电话。先是赞叹武汉大学档案管理出类拔萃，接着说："我今天才算真正毕业了。"

他离休后的生活质量高。打太极拳、打网球、写字、读书，没把体内的癌细胞当回事。

最后一次跟我通电话说了好长时间。他说："最近总想起《前赤壁赋》。"我明白，他已做好准备。他将以一个潇洒的姿势纵身一跃，投入到郁乎苍苍的无尽藏中。

写这文时没有题目，是以"无题"写下来的。"无题"本可以，唐诗就有"无题"。后想"无题"人或不习惯，就着《柏原流年》题了"痛饮流年"。这"饮"不是"畅饮"的"饮"，是我们乡里人"饮菜"的"饮"。去声。"浇灌"的意思。好在痛浇灌的是流年。流年已逝，不去管它了。

怆然慷慨之气没有了

这夜在杨裕兴老店吃了两碗肉丝面。四十二年前离开长沙后，长沙的手工碱面是最想的。只有长沙人会做这种面。除面条外，居家老人做的腊八豆、甜酒糟、辣椒萝卜的味道都萦绕长沙人终身。

从杨裕兴出来，逛超市。回到家乡，买点土特产乃人之常情。灯光如昼，去哪里都人山人海，人人花钱都不假思索。我讶异故乡的富足。才买了不多的东西，被一个电话邀去一家僻静的茶室。茶室环境清幽，为东的是一位年轻朋友，我叫惯了他"魏林"，要讲客气，是该称头衔的。茶室老板对魏林恭敬，看得出魏林是个人物。旁边几个衣着气派的男女，温文尔雅地谈话。他们之中有人认识小魏，起身致意的样子谦卑。饮完茶后，魏林要我搬去他安排的四星级宾馆。他给我订了一个套房。我进那家宾馆，不用办登记手续，服务员径直领我去房间。舒舒服服洗了一个澡。竟不想睡，点燃一支白沙烟倚窗看街景。灯火辉煌，车流如鲫。怆然慷慨之气、萧疏郁结之情没有了，取而代之的是创意、策划，成功与财富。深夜还有电话来，约我一早去河西一日游。我谢绝了。我盘算明天去看望柏原和另外两位老人家。八十几的人了，见一回不容易。

　　早餐后即去湖南省委。柏原不在家。他小儿子陪我坐了一会，然后带我去省委大院内的医院。柏原正要出院。趁金大姐在办出院手续，我们在病房说了好久的话。柏原见我穿得单薄，硬要送他的棉衣给我。他告诉我，胡遐之去世了。"诗人胡遐之墓"是邵燕祥写的。邵燕祥重情义，为生前的遐之写序，为身后的遐之题碑。柏原去衡山看过遐之的墓，"就一个小土堆"，他叹息。我陪他到他家楼底下。我没再上楼。柏原要留我吃饭。我被一个电话催去办事了。这使我后来十分懊悔。为什么不能像从前那样从容聊天。有饭吃有衣穿了，为什么比从前还忙碌。苦得一堆的时候，朋友就是力量，就是灯塔。今天只剩下礼尚往来。是不是今天遭遇的问题比当年还要复杂，我只能依靠一己之力突围。问题也许严重得多，究其根源可能是对未来失去想象。俯首静思，会非悔非恨地发现，我们的"未来"已经来了。分别时他低声对我说："我永远记得我们两个在雪地里喝了一瓶竹叶青。"那是一九六二年冬，大雪，郑玲送我一瓶竹叶青。仿瓷的酒瓶精美。我买了一包兰花豆携酒邀他赴郊外。我们在冰天雪地举杯，思接千古。我一直留着那酒瓶。在江永的山里，以竹枝当花，插在酒瓶里。日久竹枯，依然透出寒山英气，伴人长想飒飒秋风。如今我们两鬓斑白，青春留在冰天雪地里烂漫。

　　告别柏原后，不期在街上遇见二十年不见的朱镇西。他劈头劈脑跟我说起刘凤翔。这次朱镇西提起刘凤翔，离我和刘凤翔最后一次见面相隔整整四十年。朱镇西知道我认识刘凤翔，我却根本不知道他们认识。原来朱镇西曾下放岳阳毛田区南冲公社南冲大队劳动。刘凤翔回过几次乡，他们是这样认识了。这是我去江永作田后发生的事，所以我不会想得到。朱镇西听当地农民说，三年困难时期，刘凤翔三块五块地寄钱回乡，分给几个孤寡老人。他人在外搞事，心里挂牵家乡父老，只要他知道了家乡的困难，一定回去代村里人向政府打报告。有个老人家说，要不是凤翔帮我们要来返销粮，我们会饿死。朱镇西向我说起那种我早已见识了的怪病。他说刘凤翔在乡下感到山痛、树痛、土地痛。尤其怪诞的是感到炊烟痛。唯不觉自身痛。朱镇西说，只在死前的一刻，他的胸口剧痛。那是切实地痛在他自己身上了。他的肉体痛了，不得不离开人间。朱镇西是个想象奇崛的人。他说刘凤翔痛得慈悲而博大。我想起四十三年前戒元和尚对刘凤翔说的那句话："你的痛是尽虚空、遍法界啊！"

朱镇西告诉我，毛田有一座小山，叫凤坡。村民记得刘凤翔的好，初一十五有老人上凤坡眺望。他也跟着去，每次采回一束花。他说："我想划亮一支火柴，去荒野找他的魂。"快分手了，朱镇西又说，现在怕没有人记得刘凤翔了。我说不然，早几年，有牛汉、邵燕祥、冯秋子几个做顾问，林贤治、章德宁主编的《记忆》文丛第二期，刊出了朱正的《忆凤翔》。我要他去图书馆找找看。

油然想起晋宋间人物

身在故园忆旧，不同于身处异乡的缅怀。触景生情，往事闻见气色听见声响。每到一处，某件早已遗忘的事，某个平日记不起的人，都可能猝然来访，领我步入前生前世。我怀疑自己是过了奈何桥后，躲脱了那碗让人彻底忘记前尘往事的孟婆汤的游魂。

从前长沙是"南门到北门，七里零三分"。上街总走路，极少坐汽车。我二十几岁那时候，每当我从中医院围墙外的描图社过，就会油然想起晋宋间人物。天气要好，钟叔河夫人朱纯多半在马路边晒图。向内望去，钟叔河、朱正一左一右，左手抚丁字尺，右手握鸭嘴笔，一边说笑一边描图。钟叔河开口必称"痛苦"。他一句话里多处出现"痛苦"。他会在一个别人把握不到的地方很有效果地说"痛苦"。这两个字他说出来，有如一位泉崖高士的林间长啸。钟叔河守学好古，与流俗异趣；多干才，找饭吃的本事比朱正强。我猜开描图社就是他的主意。后来他们夫妇在大古道巷做过字画装裱，也有朱正的份。甘苦与共的情谊，照耀他们一生。我在钟叔河家里见过启明老人送他的条幅，上面写着一首绝句，是启明老人说自己小时候顽皮逃学的。记得最后一句是"怪道而今小便长"。钟叔河自少与名士游。

朱正满面笑容。他就是不笑也是笑的样子。他才藻卓绝，爽迈不群，难容苟且。看到他们两位，有时我想起在园子里锄菜的管宁和华歆。如果说叔河并不是华歆，却可以说朱正肯定是管宁。朱正说得多的是五四以来新文化运动诸典故；至于民国人物，两位都是下饭菜。一九八〇年秋，我在水风井口子上遇见朱正，是南货铺怡丰斋门口。朱正远远见我，快步向前，说道："小陈，告诉你一联绝妙借音对——'莫为儿孙做牛马，不求闻达于诸侯。'"说完扬长而去，好像先一天晚上他才跟我在一起。其实这是阔别十多年后的街头偶遇。我一边咀嚼"诸侯"借音"猪猴"对"牛马"的文人伎俩，同时目送他，看他背影许久。他坦荡纵横、去来无碍的样子，竹林诸贤不过如此了。

我把朱正比管宁，不得不多说几句，以免误会我多朱正之洁傲不多叔河之干才。古人境界也太高了，见地有片金，管宁挥锄与瓦石不异，华歆捡起来看了一眼才丢。时人就以此分二人高下。据我看，在利益面前，年轻时的华歆已经很了不得了。要是我，哪里有丢，一辈子只叹没那运气。重要的是，不管是管宁还是华歆，日子肯定过得。他们要是过的朱正、钟叔河的日子，那片金子管宁也会看得出来与瓦石有异的。

沉入水底的翡翠

　　每次回到长沙经过局关祠，会想起五十多年前这里住着一个叫刘凤翔的病人。是工厂职工学校的代课老师柏原，带我认识刘凤翔的。刘凤翔是株洲白马垅砂轮厂的工人。为方便治他的怪病，他在局关祠巷口的小旅店长包了一间房。那间房子是个长条条。三米长，宽不到两米。他在做工人之前，如果前到解放前，是岳阳毛田严家村（后来叫作毛田区南冲公社南冲大队严家生产队）的农民。有回我遇见他家乡来的老婆婆。那婆婆说，他现在右肩不时下沉的习惯动作，是斗地主、分田地那时候摸盒子枪的动作。婆婆说她熟悉那动作。照我想，他一定是闹翻身迎解放的中坚分子。刘凤翔敏锐、激烈，似乎总在提防有人篡改他的理想。他忠于他保卫过的理想。婆婆还说，凤翔是我们喜欢的后生，他是作田人的文曲星，两只手都写得字。

　　来看望他的人都是下力的。有挑土的有拖板车的。朱正做的事最斯文，他与钟叔河在局关祠巷口斜对面，中医院的围墙边，开了一间描图社。来的这些苦力书都读得好。写诗填词人人都会。谁也不以为自己是诗人。他们不在乎早已边缘化了的文学形式。在那时候，只能说说文坛掌故，聊聊中外名著解饥渴。他们在街头巷尾行走，躲在主流意识形态的下面。这些人或许是在一个浪头的冲击下，沉入水底的翡翠。

刘凤翔给我看过一首旧体诗。这首诗出来，许多人唱和。和诗当中，描图的朱正和养蜜蜂的胡遐之（胡遐之出老，丁聪给他画的肖像有点像济公。其实壮年，不过三十几）所作最好。可惜记不得了。虽然记不得了，有印象遐之的和诗颔联出色。但我记得对应原诗颈联的两位我不认识的人的断句。原诗颈联是"离恨骚愁随雁落，旧亲新贵断鱼书"。有一天遇见一位黄泥赤脚人，他拿出一角报纸，上面写了一首诗。那首诗的颈联是"从来此地多迁客，今夕床头有好书"。不几天又见一位，虽是蓬头垢面，清气朗然不掩。他的颈联是"每向鸡晨听壮角，惯于鬼夜读残书"。

好贼余三

二〇一一年我回过一次长沙，那天是八月二十六日。在与等在烈士公园的朋友匆匆聚首后，我谎称要当天赶回广州。不这样说，不好意思还没尽兴就离开那样热烈的场面。我心里挂牵另外一位朋友。都到了"阎王不请自家去"的年龄，错过和一位小时候的朋友的见面机会，说不定就是永诀。在烈士公园东门上了一辆出租车，朋友们以为我是去坐高铁。

几经周折才找到余三的住所。他还是住在北门城外的湘江边上。这地方叫新河。从前的新河是淡青的；凌乱，冷清，空旷。一阵带着水气的河风，把几十年前的风光吹上心头。我在河边坐下，打算抽一支烟再进屋。

美人名将老病之状尤为可怜，进余三的门之先，我想到陈眉公这句话。虽然我只存着余三犷悍斩截的样子，心里还是晓得，我是什么样子了他就是什么样子了。尽管他年轻时候壮勇过人，几十年冰霜摧折，说不定比我还不像人。

长沙历来有一种人被称作"叫脑壳"。"叫脑壳"不同于流氓、地痞。纯粹的叫脑壳不过是开口起高腔，动不动喊打。并不偷抢，不调戏妇女，不耍赖，不骚扰邻里；还讲义气、重然诺。

　　"叫脑壳"在解放前，多为争码头抢地盘打群架。有打死人的。解放后也打群架，也头破血流，没听说死过人。多半晓得，解放前犯了法有跑，解放后犯了法没得跑。解放前打架用刀斧铁棍，解放后虽也砖头石块扁担兑现，一般是用拳头。小刀子拿在手上，不过做做样子。

　　余三就是这号人。余三是新河的头号叫脑壳。但余三并不"开口起高腔，动不动喊打"。他懂道理，知礼节。

　　同乡中，余三独尊保护过孙中山先生的杜心五前辈。心五先生也住北门。在余三起心找门路拜师的时候，先生去世了。这是1953年的事。他钻进灵堂行礼，记住了抄挂灵堂的徐悲鸿的唁电：心五先生卓艺绝伦，令德昭著。他记住了"令德昭著"。就因"令德"崇拜杜心五。后来在他妈妈捡的破烂里，翻到一本《隋唐嘉话》。他读到"英公尝言'我年十二三为无赖贼，逢人则杀；十四五为难当贼，有所不快者，无不杀之；十七八为好贼，上阵乃杀人；年二十，便为天下大将，用兵以救人死。'"他掩卷想了好久，思量学李勣，做好贼。

　　说起他妈妈，我在认识余三之前早见过。住在北门的人，大都见过她。那时我小，好奇，跟踪过。她拖一块木板做的小车。因为是四只旧轴承做的轮子，所以在马路上轻巧。她把拾到的废品放进小车上的麻布袋里。袋子装得满满的了，送到废品收购站去卖掉。她是看也不看地把扔过来的钱塞进腰间的口袋里的。她留意书，捡了一屋子。1966年后，她捡到的书，还有字和画，要再搭一间茅屋子才放得下。

余三因此有书读，还学会了做诗。有回他念过这样四句给我听：饮一两杯酒，读三四页书。心中无鸟事，窗外日徐徐。并不怎样的好。并不怎样的不好。但叫脑壳做成这样，算是很好的了。对他我还是直说不怎么好。他问我，如何不好？我说"心中无鸟事，窗外日徐徐"不是你过的日子。吃饭尚且艰难，哪来的悠哉游哉呢？还落人一个抄"窗外日迟迟"的话柄。他心服。不久他去名山寻师访友回来，有两句说"绝顶不知还有寺，暮钟云外一声敲"。就不得不说好得很了。

少有人晓得他好读书，都晓得他好打架。他读书通宵不寐，打架跟看戏观灯一样。他个子小，身手利索，彪形大汉不在话下。以湘江为界，铁佛东街、开福寺到捞刀河圈定的范围里，他可以定乾坤。长沙人叫"喊得句子死"。

他读《史记》，见《游侠列传》里的人全不得好死。势力再大声望再高，最终都被朝廷剿灭。何况如今老太婆也可用冲锋枪扫倒武林高手。所以他渐渐不看重自己打架的本事。他仰慕有德望学养的人。与人交谈，从不提拳经脚典；遇人说古今中外，唯唯诺诺执弟子礼甚恭。他只在制止斗殴的时候动拳脚。无论打得怎样难分难解，一般他到场，大吼一声"莫打了"，双方都会呼哝哐哦丢下手里的东西。有不听他的人，是不知他威名的人。这就是他现打的时候。

余三打人不现形。有回北门的叫脑壳跟一群不明来历的人在河边头打群架。他闻讯赶来喝止。那群人不听讲，一窝蜂喊打。他对那个为头的说，你有娘没有？对方说有。他说："那好，我不断你手脚，只让你脱臼。"那人于是扑通倒地，双臂脱臼。人人都说余三没有动过手。只看见他这样扭了一下，那样闪了一下。他打架就是这样形意迷离的。

余三的身体没有反正，不分前后。两只拳头胸前背后一样打。双脚可以前踢过肩也可以后踢过肩。他的头、肩、肘、腕、臀、膝都有攻击力。动起来没有骨头。打架的时候，碰到他身体的任一部位，都是铁。

一九六○年春上，余三门口站了一个讨饭的细妹子。细妹子说刘德生、刘德全是她哥哥，自己叫刘细宜。余三说，你讲的两个人是我亡友。留下吧。刘细宜和余三母子晨昏相处七年后，跟余三结婚了。他们有一个儿子，现在四十几，用余三的话说，"算是争气的"。

刘细宜的两个哥哥是余三打恶架打出来的朋友。一架打完，两兄弟要拜他为师。余三没有收他们做徒弟。余三只说"玩"，不说收徒弟。他只是一个小孩子。对他心服口服的无羁年少，都比他大几岁。刘德生比他大六岁，刘德全比他大三岁。

刘氏兄弟来到湘江边，跟余三一起搞搬运、起河沙；闲时练拳脚。他们爬竹竿、玩石锁、翻筋斗、走危墙、射弹弓，接受余三无门无派的招式。这样相处并不是很久，余三动员刘氏兄弟参加了中国人民志愿军。他自己也想去，年纪太小，军中不收。湘西匪首青帕苗王龙云飞被打死了，股匪投降后，有收编进志愿军的。刘氏兄弟所在的那个排，有几个龙云飞手下，都是弄刀弄棒的山里汉子。闲时拳脚来去，个个服刘氏兄弟的周。兄弟两个都当上了班长。不久两兄弟在朝鲜牺牲。一张用钢笔写的潦草的阵亡通知书，称他们为国际主义战士。

余三的这些事我一直晓得，就是不晓得为什么他会跟刘细宜的哥哥打恶架。这天余三跟我说了这件早年的事。他说话声音低，句句结实。比我还大几岁的老人家，他的神气不是我还没见他的时候所以为的。不但不荒颓失落，竟然英气逼人。他说这辈子幸亏打过那一架。再晚一点，有打也打不出来了。他说，你看，一解放，哪个还有打？比起有很的人，我算什么？他意欲大肆发挥。我要他莫扯远了。他才讲起他认为幸亏打过的那一架。

久旱。湘江快见底了。余三应他表哥之请，在长沙东边乡里杨泗庙，帮他表哥的村子争水，打过一次声势浩大的群架。在像烧红的烙铁一样的太阳下，双方锄头、扁担、柴刀、板凳交锋了一个时辰。这次斗殴，淋漓尽致地展现了他的亡命精神和打架天才，使小小年纪的余三声名远播。此后几个月里，长沙城里的酒楼茶馆，乘凉的公公婆婆，都以这次斗殴为一持续话题。他表哥这边，靠着余三带去的一帮兄弟参与，虽说也有脱手脱脚血流满面的，却是完胜。对方为首的刘德生、刘德全兄弟，当场拜余三为师。不共戴天的斗殴在荒谬中结束。

刘氏兄弟宣称认输的时候，天空无声无息聚集了厚厚的乌云。接着是一场排山倒海的风雨。这场风雨，与无天道的旱情，以及这次斗殴的规模和激烈程度，同为长沙县史上罕见。他们只顾拼杀，一点没留意暴风雨的酝酿过程。带着雨和电的云层来得唐突。哗哗的，一阵一阵的横掀的雨，有力地敲在树叶上、土地上、屋顶上。闭着眼睛的风雨的思潮，猛烈地席卷、冲刷、扫荡。农田充满了。沟壑横流。水像瀑布从田塍的这边翻到那边。弹指间龟裂的小河，变得波涛滚滚。刘德生两兄弟是泅水过来拜师的。

余三叫他表哥照应自己的村庄，他带领五劳七伤的弟兄去对方的村子抢险。茅屋揭顶了。墙被推倒。老人叫小孩哭。他们在雷霆风雨的肆虐中，把老人小孩转移到祠堂去，转移到富人家坚固的大屋去。这群年轻人一直忙到断黑。余三倒在土地公公脚边睡着了。

晚饭后，我步出户外，遥望上游河对面的岳麓山。余三在我背后说："看什么？寒日无言西下！"

我们坐在河边，相距丈许，静听湘江纯正的长沙口音，一路抑扬顿挫直下洞庭。

大老板阿博

这个人叫贺博。博园花场老板。我们相识二十年了。一般说来，是被叫作"朋友"的。说只是熟人似乎疏远了点，我们曾经过从频密过；要说是朋友，我们又互不真诚。因为接到他要跟我见面的电话，思考了一下我跟他的来往是人际关系的哪一种。想来想去，找到一个定位，可用"比熟人多比朋友少"来说。已经记不起多久没见过他。三年还是两年，真的记不得了。但可以肯定，他还是那样子。还在为那值几十亿的生态旅游项目找买方。即便跟以前有什么不同，只能是情形更糟了。

那天他约我晚上见面，他说"今晚得闲"。

出租车本可开到花场门口，但我提早在路口下了车。我想在清新的空气中轻松走走，同时回顾一下这条十分熟悉的路。二十年前来博园花场，两边都是甘蔗地。那时候这条乡间泥路上只有他一家在做花的买卖。现在博园花场淹没在成片的大小花篷之中，我要挨家摸索着找。所幸到达博园门口，当年门面依旧。只是小花场挂了一块大招牌：

"贺博植物园有限责任公司"。

进门的右边是三棵高大的油棕，左边硕大的四季杜鹃红艳艳。随遇而安的植物总是生得好。这也是博园给人印象很深的景物。要是白天，碧绿的草地映衬天蓝屋顶，背景是远处玉翠的幽谷险峰。三层的小房子仿西欧乡情，是他参照画册上的样子建造的。尽管破败，仍是这一带引人瞩目的建筑。这样的布局被幽暗天光反衬，遮掩了阳光下的褴褛。

我悄然潜入，想先观察一下博园主人独处的神情。这时天色已晚，绿叶婆娑中容易隐蔽。我朝接待客户的办公室望去，看见他坐在暗处失意的模样。知道我会来，衣着就讲究。他穿的十五年前在阿姆斯特丹买的漂亮衬衫。刻意的修饰反露出落魄的羞涩。他猛吸一口烟。烟头在黑暗中使劲亮一下又重归黯然了。在烟头闪亮的红光下，我看见一双茫然的眼睛。联想到他人前充阔的神气，正有他说不出的酸楚。

寂寞的时候他喜欢把认识的人召来，没有友情，不是思念，仅为了找人听他没人要听的宏伟目标天才策划。他在寂寞中找人来向他自己证明他的大老板身份。不管两小时还是三小时，由他一个人从头说到尾。他能叫动的人只有我和阿斌。我们两个人十多年中听他说财团排队求着跟他合作的话算不清听了多少回。他今夜想见我，目的跟从前不会两样。他需要有人听他说"明天几千万到账了"。

他是有钱过的。在他还是一个单纯青年的时候。

他在离大都市不远的乡间租十亩地开花场。那地方风景好，前有山后有水。两夫妻用废弃的包装纸板搭一间小屋，津津有味做生意。人们走进博园花场，常听到他不知忧虑为何物的喊叫：蓝蓝的天啊，白白的云啊。然后伸出不能紧握的右手跟你握手。他右手受过伤，被窗玻璃划断了一根筋，只能用小拇指无名指和大拇指跟人相握。

花场后面的大山，物种丰富。他去山里采回野生花草培养。有阴生的也有阳生的。博园花场供应别的花场看不到的品种。来博园的简易公路上，车如流水马如龙。尤其是年节，车龙见不到尾。夫妻俩带着工人日夜忙不赢。原来只供应本地品种。聪明的贺博，是时机地把眼光转移到荷兰、台湾品种上。这样辛苦了几年，也就发达了。人们不再叫他"博仔""阿博"，改口"博哥""博老板"；因有一把漂亮的胡须，也叫他"胡须博"。他长相像阿拉伯人，肤色棕黑。"9·11"事件后，多了一个本·拉登的外号。不过这时候他已经不景气了。

从被称为"博老板"那天起，他不再抽白沙牌香烟改抽万宝路、三个五；不再喝石湾米酒要喝五粮液、茅台、轩尼诗。摩托交给工人用，自己开一辆旧车市场买来的凯迪拉克。虽然费油，气派出来了。也不再是"博园花场"，改称"贺博植物园有限责任公司"。

后来他以每年区区七万元的租金把后面的大山租下了七十年使用权。山里有可观赏的植物，还有奇峰怪石瀑布温泉。有了这山，他不再安分做花场，他不再把花卉放在眼里。他只关心用后面的大山包装成的生态旅游项目。有限的资金不用于再生产，无节制地花在他认为可以引来金钱的流行操作上。这时雇用的不只是廉价的湘蜀劳动力了，还有昂贵的祖胸露腹的漂亮小姐。小姐们老板前老板后地陪他醉得天昏地暗，直醉到忽然发现走进贺博植物园的客户寥若晨星。周围原来的甘蔗地，密密麻麻布满了几十家大大小小花场。他们在贱卖同他一样的花卉品种。至于生态旅游项目，还只是一本花了大价钱的厚厚的策划书。

他慌了手脚。心一乱什么都乱了。贺博成了狂躁的大老板。他到处招商，拜会官员豪富。很快地连工资也开不出。每有事要用人，就找我和阿斌。我们两个人成了他的当然义工。阿斌一般是当司机做跟班；给我的职位高级点，顾问或者谈判代表。这样能使他在需要的场合不显得太寒酸。十年中我承他重用参与了所有重要谈判。事前在电话里他都提醒我今天要见的是"钱多得当纸烧的人物"。我这人不憨厚，一见就知是骗子。

所见这些人都只有一个姓，名是什么不知道。就是"张""杜""蔡"是真是假，我也存疑。不过"杨斌"是真的，也只有唯一一个"杨斌"知道他姓"杨"还有一个名"斌"。

除了杨斌，"张""杜""蔡"等等，都有一个我提不动的装满文件的真皮公文包。澳门张老板，第一次见他时从公文包里拿出来的是他投资的重庆市一座大桥的种种文件。"现在已动工，三年后就收费了。"说到阿博关心的事情，他翻出一叠某国投资银行谅阿博也看不明白的英文表格、申请书、协议书。只要阿博先交出两百万什么费，"一个亿就归你了"。张老板郑重其事地说："天下没有免费的午餐，这是要利息的哟。"三年后又见到澳门张老板。阿博在三年中没找到愿意给他钱的人，一筹莫展中想起还是找张老板。张老板着实有钱，只怪自己拿不出两百万。这次他开着稀烂的凯迪拉克带我一起去珠海。临行前找阿斌要两万块钱应急，"最多两天内还你"。

住好酒店才打电话去澳门。事先在广州联系好了的。这次张老板除了公文包还抱了一个半岁胖娃娃，说是重庆女人给他生的。在酒吧坐好后阿博问："那桥呢？"张老板轻描淡写："还那桥！早收费了。"张老板打开公文包，拿出来的是说明漓江已经是他的了的文件，还有报纸。"你看，报纸，是你们的报啊。"

"现在你去桂林，喝的都是我的水。"

报纸上登的消息与澳门张老板有什么关系只有鬼知道。那张报纸是真是假，只有鬼知道。

张老板从不正眼看我。也许是因为我没掩饰好的不屑的目光，也许是他不屑对打工仔一顾。

每次这样的会谈，结局都一样，除了阿博买单不会有别的事发生。

新加坡的蔡老板异曲同工。阿博付了少量定金向蔡老板购进一船巴西木。阿博盘算巴西木到手销售完了，货款扣下先周转再说。我见到的蔡老板，他第一次从公文包里拿出来的，是阿博已预付定金的巴西木已经装箱的文件；第二次拿出来的是巴西木已经启航的文件；第三次，这次阿博有点伤心，文件证明载有博园定购的巴西木的货轮，在风暴中被巨浪吞没。"这是不可抗力。对吧。"蔡老板一脸慈悲。

杨斌好些。他至少没有公文包。

他们好像是同一个师傅教出来的高徒。交手使用相同的招数。阿博企图杨斌向博园注入资金。他的天方夜谭使杨斌相信博园实力雄厚。杨斌正在组建叫"欧亚农业"的大型企业，想把贺博植物园有限责任公司纳入他的旗下。他们两个各怀鬼胎接触了好几天。杨斌住白天鹅宾馆。杨斌要走了，不够钱结宾馆的账。阿博说这是大富者不拘小节的潇洒。忙替他结清。阿博说"多好的机会啊，要送礼还送不上"。那天气温 34 摄氏度。回来的路上车窗紧闭不开空调。我要开窗。他不肯。他说这热的天开着窗，人家一看就知道没油钱。他也怪，竟不出汗。我一身湿透没一根干纱。

杨斌是答应有好消息给他的。那阵子阿博轻轻松松扎实睡着过。后来"欧亚农业"在香港上市，美梦更加是那么回事了。不久杨斌去朝鲜做了新义州特区首长。不久杨斌在沈阳被羁押。我就是从凤凰卫视中文台关于香港高等法院宣布欧亚农业（0932，HK）正式清盘的报道中得知"杨斌"是真名实姓的。

不用说也知道，阿博名声在外过。他认为他的软资产值几个亿。他不知道一个亿是多少钱。只知道那是很多钱。经常在大排档吃河粉，聊起来开口就是我有几个亿。

　　很多年前，在租下那座大山第二年的中秋，他开了一个赏月晚会。地方上有头脸的人都来了。来宾们听完他宣布今后的主业是做生态旅游，灌水般的恭维使他觉得自己是无冕之王。这夜不开灯。石上、树上、路边、屋内处处点着含蓄温情的红蜡烛。几百个吊在树枝上的精巧的灯笼在风中轻荡，红裙美酒摇曳着月光。他穿梭于客人之间，身边紧贴着两位手持高脚杯的小姐。他有很好的笑容，虽然抽烟牙齿却白。他是一个美髯皓齿女人见了骨头酥软的男人。他天生财大气粗的长相，仅凭长相已使人相信他腰缠万贯了。他举杯、敬酒、握手、拥抱和哈哈大笑，要来宾算算他在山里栽的一百万棵伞尾葵、七十万棵凤梨、五十万株绿萝值多少钱。来宾们不管是政府官员还是同行大户，个个是专家，随便算算就十几个千万。只有我和他自己知道，全是虚构的。我很清楚阿博叫我来无非要我见证他的成功。因为我一路来都在提醒他，这样干不会长远。他从不置固定资产。有多少钱花多少钱。我在他买凯迪拉克那时候曾建议他，把租用的土地征下来。他不听。他要我参加酒会，无非是向我证明他天马行空得漂亮。那个貌似奢华并不用花太多钱的酒会成了他的顶峰。

　　我在树影下想了这么多，一度想学雪夜访戴那样兴尽而去。但我没有，还是见了他。他见到我立刻开了一盏大灯。僵硬地笑。

　　还是老样子，壁上一幅不少地展出从前的奖状，与各级政要的合影摆在写字台上。他仍然需要听这些东西有气无力地嘟哝过去的光辉。

第二辑

劈面迎来的都是出人意表

那次回长沙是二〇〇六年四月十二日。喝完早茶才走，过了九点钟。动身的时候气温 31 摄氏度，到达长沙已是晚上十点，气温 7 摄氏度。一身单衣单裤，瑟缩之状可以想见。一路上天气变化万千。温度的急剧下降；狂风、暴雨、炸雷、闪电、重雾、冰雹集中于一天。一切皆真实，劈面迎来的都是出人意表。那天坐的阿斌的车。阿斌大名黄民斌，是我到广州后结识的新朋友。他经商，为人笃实。他说走京珠高速到长沙只要六个多钟头。我发短信给长沙的朋友，说吃晚饭时可到。这样说已经留有余地的了。我们在四月的阳光下出了广州。天气好得很。从浑浊中钻出来，轻松进入山野，山姿水色，清心明目。我小开车窗，深呼吸，有久病初愈的感觉。上车时阳光明媚，有点热。后来越走越凉爽，好快到了韶关。进路边一家餐馆吃饭。空荡荡的就我们两个人。气温比广州低了十度。天上是一丝缝隙都不留的阴云，凉爽被微冷取代了。我希望旅途悠然些，提议去南华寺看看。阿斌迁就我，把车拐去南华寺。在曹溪门前，有雨点滴到鼻尖上。想起施蛰存前辈调侃过慧能来。他说慧能是个文盲，那两首得了"顿法及衣"的偈语文理不通。什么"菩提本无树"，他的家乡就有菩提树。镜子和安放镜子的托架谁都知道不是一样东西，"明镜亦非台"明显是废话。第二首偈语又说"心是菩提树"。前面已经说了没有菩提树，心又怎么是那没有的东西了？"身为明镜台"，身为什么不为明镜，偏要为那木质托架？二十年前在《随笔》上看的。大意如此，精致的文字记不得了。那期《随笔》刊出了施蛰存先生好多东西，当时惊讶老人家的机敏泼辣。他还说了"先天下之忧而忧，后天下之乐而乐"。老百姓没忧你先忧，见不得天下人快乐；老百姓的快乐过去了，你就乐起来了。幸灾乐祸。我说这些给阿斌听，阿斌笑得直不起腰。我是佩服卢慧能的。他成功创立了中国禅，必有常人不到处。他的思想被认为是"生灵之大本"，岂无一点是处。我还崇敬他家贫如洗又没上过学，居然做出大事。《坛经》上说，"慧能幼小，父又早亡，老母孤遗，迁来南海，艰辛贫乏，于市卖柴"。这情形跟我仿佛。我父亲去世时四十三岁，我五岁，于父于我都太"早"。那时我们屋里住在长沙杜家山。站在门口西望，看得见几十里外岳麓山上"赫石坡"三个白色大字。父亲说是王东原写的。王东原做过湖南省政府主席，当然是反动派，所以那三个十多平方米一个的字，解放后消灭了。至于母亲带着我和妹妹过的日子，不能写。写作不要搞得涕泪横流。文字有大乐，莫无端找罪受。我二十几岁也卖过柴、挑过粪。那是在湖南江永。看慧能悟道前身世，跟我真的差不多。但他于市廛听人念一句"应无所住而生其心"就有所感悟。我这辈子看过多少书，听过多少报告，学过多少文件，怎么还是懵里懵懂？智愚悬殊，差别在圣凡之间。尤其奇异的是他不识一字那没有一个生僻字的两首偈语是"请得一解书人，于西间壁上题着"的，竟然发挥出盛传千年的大道理。我好歹也是初小肄业，比文盲明显有优势，如何落得饭桶这般。我对着祖殿鞠躬，表达我的敬意。阿斌听到慧能这多可敬处，磕了三个响头。阿斌四十边子，生意做得好，也是没读过好多书，竟有没读得书如慧能者成就大事业，很受鼓舞。

我们流连了一小时有多。步出南华寺，漫天毛毛雨。这又上了高速公路。行不多远，雨大些了。堵车，根本走不动。困得不耐烦了，阿斌把车向后开，驶向一条卫星导航屏幕上指示的旧路。走过一程后悔了，一条烂路，又滑又颠簸。头前的车看不见头，尾随的车看不见尾。进退两难。车子停停走走，速度跟爬不相上下。后来离开了雨，进入浓雾中，能见度不过二十米。雾在某处制造了几起事故，然后气定神闲地把我们因在一个不给方向的灰蒙蒙的罩子里。车只好停在不知道是什么地方的地方。我想松松筋骨，推开车门见一摊跨不过去的烂泥。这又缩回来。有人在近处来回飘动。浓雾中的人影，亡灵一样。幸得阿斌做事稳当，加足了油。他怕我冷，开着暖气。视线失去了大山长谷的安慰，只好闭目养神。或许有一阵我是睡着了。长沙的朋友来电话，问几时到得。我问阿斌，他说六七点钟吧，走出这雾，一般是好天气。

车子总算可以慢慢移了。我们盼着前路的阳光。走出一段路后，重雾已是强弩之末，越来越稀薄，甚至可以欣赏云烟缥缈忽浓忽淡的景色了。这比起刚才被剥夺了所有题材的沉闷，多了些丰富与轻逸。天色亮了些。还是浓云密布。等到完全走出雾统治的地段，又遭遇一场冰雹的强攻。拳头大的冰雹砸到路面上，像死守城池的军队投下的飞石。不过看着弹跳的晶莹球体，要比陷在浓雾中活泼。路边不时有侧翻的车辆。有人躲在树下等救援。阿斌担忧砸碎玻璃，心里急。但不管他好急也快不起来。幸好冰雹为时不久，轰轰烈烈一阵过去了。冰雹要有刚才雾的耐性，那就麻烦了。可能是在苏仙岭附近，我们见到了蓝天。阿斌想要补回失去的时光，车开得快。路面滑，不是很快；不过，那已经叫痛快了。

到底不是享受痛快的时刻。过了郴州不远，一股强风横扫过来。沙石翻腾，田畴狼藉；一大片黑得毛骨悚然的云雄踞前方。再走，暴雨，看不清路面。直劈下一条闪电。像一个裸体女妖。她大幅度地扭摆明亮的躯体，径直冲向山腰一株枝节盘缠交错的大树。树激动得燃烧，同时跟着闪电旋舞它浓密的枝叶。随后一声霹雳，大地六变震动。雷声犹如部落大战擂起的鼙鼓，狂放、糙野、雄视八荒。山腰那树，燃烧得纯粹。它正欲慢慢释放百年邂逅的惊喜，却被雨的嫉妒扑灭。闪电留恋那树，执着纠缠不肯离开。树不顾雨的狂暴，顽强喷发它的热烈。后来不知是一个女妖化作了一群女妖，还是一个女妖唤来了一群女妖。她们以雷、雨、风为衬景，带来天外的艺术。她们在天际，在头顶，在山巅，在旷野，在厚厚的云层中舞蹈。我看着她们在天和地之间汪洋恣肆，同时看到痉挛的大地奔腾的泥沙，看到公路变成汹涌激流，看到傲慢的、平时在公路上绝尘不顾的现代工业产品的一筹莫展。

风雨更加猛烈了。它们渗入雷电。风雨的呼啸，产生一些相互抵触的和声和怪异的不谐和音。我产生了投身的激情。投入雷电风雨的怀抱。在雾里我一点没有这样的感觉。假若在雾里生出激情来，那至多是纯沙龙的。但在风雨雷电中，我觉得我正年轻。我回到了过去。茫然、彷徨。想走、想奔、想跑的渴望占领了我。我重新面对不安、恐惧和挣扎。我有些希望眼前这个壮美的，破坏的，恐怖、猖獗、玉石同糅的宇宙不要消逝。我宁愿守在雷电风雨中，哪怕被殛毙。

阿斌说，一天里遇到大雾、狂风、暴雨、冰雹、雷电，谁信啊。我想起了"荒诞"。荒诞不是无聊，更不是欺骗。荒诞不是让我们瞠目结舌就是让我们美不胜收。我说了这个意思。阿斌没有搭理我。刚才他去打听了情况，前面山体塌方，快要清理好。

路面松动了。阿斌的眼睛直盯着路，盯着互不相让的车辆。他费尽苦心寻觅缺口。他想冲出去。或者说，他想逃亡。我们一路喧哗过耒阳。这之后，除了温度愈行愈低，没什么热闹了。到了株洲，车内显示"车外温度7摄氏度"。下车哆嗦着吃了一碗方便面。饥寒交迫中方便面的味道，百味俱全，妙不可言，到现在我们两个人还间常提及。是加油站附近的便民店，女老板坐在电暖炉旁边看电视。肥猫缩在她屁股底下。我们正打算干啃方便面，她提来一个热水瓶。这举动使我们两个人都觉得她人好。她问，看你们单衣单裤，短袖T恤、短袖衬衫，广东来的吧？她又问，路上看见冰雹打死牛、雷公打死人了吗？阿斌说，没有啊，哪个说的？她说是电视里说的，一条牛被冰雹击中天灵盖；一个人在树下躲雨，变成一筒焦炭了。

杏花园的白蝴蝶

　　杏花园在南门外，出城往南走，横过一条铁路再向前，弯进左边逶迤的山道就是杏花园。这里山不高，路还是在半山腰；右边是山，左边山谷里尽是田。进杏花园只有这条路。在这条路上我见过一条大鲇鱼挣扎于田泥里，我向下面望去，惋惜没能力捉它到手。

　　我头回看见解放军就是在杏花园。解放军进长沙之前，先解放了益阳、株洲、春华山一带。那天杏花园出现的解放军说不定是从春华山或南面的株洲来的。在我们住的大屋后的池塘边，我从山上摘了一些红色的草莓似的果子下山就看见他。那人很高很标致。他在向同屋的吴家二爹问些什么事。他腼腆，手不好意思地摆弄驳壳枪。我不知道是出于什么心情居然没走开，仰面望着两个大人说话。他的军用包外边插了一本翻毛了的薄薄的书，一只白蝴蝶落在书沿像是要窥视。他没理我，语气平和甚至有点不知所措。这个人，就是我跟新中国最初的接触，就是我的时代来临的暗示。我看着他。不知道命运的深谋远虑。一条不得不跳下去永远游不到对岸的河流已横亘在我面前。此之前我是儿童，此之后我是工人了。此之前除了听妈妈讲故事习毛笔字，整天都在跟蜻蜓螳螂蜗牛玩。当然，群鹭轻翔苍鹰直下也能愉悦我的童蒙心智。但最亲近的是杏花园的白蝴蝶。杏花园满山白蝴蝶，小又飞不高，悠然左右，全无顾忌地飞，伸手便可握它于掌心又任它飞去。它们不同于其他地方的白蝴蝶，一点瑕疵都没有。月夜荆棘中看得见如霜的它们。

我站在他和吴家二爹旁边，同时看见几只白蝴蝶徜徉于他们前后。他无心地随手抓了一只白蝴蝶，正好是刚才在书的边沿停了一会的那一只。我的视线就转移到他的右手，看什么时候放它飞去。我没见他松手。吴二爹进屋后，他双手捧起来看过那只白蝴蝶，匆匆走了。白蝴蝶在他掌中轻轻握住。他也喜欢杏花园的白蝴蝶。

吴二爹对我舅舅说："我见到共产党了。"舅舅说："共产党？还是马日事变那时候，我听第一师范的先生讲过的。"两个人都有不知就里的神气。

表姐和吴二爹的女儿天天练唱准备迎接解放的歌。"山那边哟好地方""谁养活谁呀"这些。那时宋扬的歌流行，"一根那个扁担，容易那个弯啰呵"也是常唱的。穷人们就要捆紧把子过好日子了。我家也穷，妈妈没想跟谁捆紧把子的事。她在为我学门手艺操心。为此决定搬家，搬到荷花池去。住到城里，方便找人帮我谋事。

荷花池没有荷花。隔壁冯九爹说辛弃疾驻军营盘街那时期这里是真有个荷花池的。

荷花池是小地名，小地名里面还有军械局巷、荷池新村这些更小的地名。原先这里是国民党七十三军十五师的武器库，管武器弹药的机关也在这里，叫军械局。这就是军械局巷的来由。怪不得国民党守不住，一个师部的军械局就是几间破板壁屋。

荷池新村是荷花池的中心，我家佃的荷池新村七号。荷池新村正中是大空坪，四周有些房屋；靠南靠东有几栋好房子，也并不昂扬。北边零丁一排板壁屋，它们都用米汤把皮纸蔽住一条条板壁缝。荷池新村七号在北边。

跟杏花园比，荷花池热闹。早晨出门，两边都是卖肉卖菜的。炸糖油粑粑葱油粑粑的摊子我最留神，焦黄的香气直往鼻子里拱。

向西几步路出荷花池是蔡锷北路，转左有玉春酱园有德寿堂药店。想起父亲在世时，为拣一服药妈妈要从杏花园走到南门口的四怡堂，来去大半天才打得回转。

小小荷花池，竟敢有堂堂两所学校，这是它超卓出群的地方。女子师范徐特立当过校长，在湖南是赫赫有名的学校。女学生们进进出出，蓬勃的笑闹刺中我的孤凄。我捡个铁环滚，跟着铁环跑圈圈有时我会滴眼泪。

荷花池尽管比杏花园热闹，我却时感荒寒。光天化日之下的荷花池，少了山横水浅蛙鸣雁唳。

妈妈似乎总在灯下纳鞋底。我的脚费鞋。新鞋上脚要不得好久就穿个洞。她不时把针去头发里插一下，用生命分泌的头油润滑针尖；还教我写字，先横后直先上后下先左后右都是妈妈教的。她说字要写得正。字正则心正。她捉住我的右手，鼻息呼到右边脸上，至今慈温犹存。

虽说还没解放，但陈明仁的部队早已心存异志。旧政权只是一个弥留的病人，没有气力再关注尘寰。城里很乱。原是地下的共产党不怎么地下了，这中间有我姑爹。

有那么一天夜里姑爹来了。共产党人关心穷人，我家是穷人，姑爹当然不会忘记我妈妈的拜托。没地方坐，姑爹站着。妈妈放下鞋底起身让座他也没坐，只好都站着。姑爹说他在王东原手下当差时有一个同志，后来去了北方，现在南下了。他们的部队驻扎在城外，等和平谈判的结果。有些人便衣进了城，已深入工厂街道摸情况做工作。他的这个同志在湘翰印刷厂，答应介绍我去做学徒。

妈妈说："听人讲学机械赚钱，这学印刷怎样？"姑爹说："才十岁，榔头都拿不起；就是学印刷，也要讲是十二岁人家才肯收。你千万嘱咐他莫说漏嘴。"妈妈懂到这个道理了，说了些感谢的话。姑爹补充了一句："还幸亏他长得高。"

姑爹出门的时候妈妈叮咛道："你也要小心啊，不有学生被暗杀了吗？"姑爹没回答，走了。

我把脸紧贴妈妈的背睡了整夜。眼泪横流。枕上冰凉一片。不是为要离家自己赚饭吃伤心，而是知道妈妈做这抉择的凄楚。她要有一点点办法，不会让我在这时候离开她。

第二天早上，妈妈买菜回来，篮子里有两个糖油粑粑。一连几天都这样。歉疚躲在妈妈眼睛里不动声色地痛。

没隔几天妈妈告诉我："明天是爹爹的生日，做完你爹爹的生日你就要去做事了。"

父亲生日那天，妈妈在灵位前供了一碗熟蚕豆，要我磕头求父亲保佑。我跪在包包鼓鼓的黑泥地上久久没起来。飘来女学生的歌，她们唱的歌跟表姐唱的歌一样。我想起舅舅、表姐还住在杏花园。我想再去看看杏花园。纸钱余烬像白蝴蝶飞起来了。我去拈飘落床上的纸灰有如对待一只白蝴蝶。

门口有父亲生前的熟人过，他说："三太太，你就用蚕豆供三老爷呀？"妈妈说："我活人吃得，他死人吃不得？"

受我姑爹的嘱托，姑爹的那个同志找到家里来接我了。妈妈早为我拣拾好包袱，里面是几件衣裤一支毛笔一方铜砚。

童年诀别了。杏花园的螳螂蜗牛诀别了。我一生忘不了的杏花园的白蝴蝶，翩翩于一个瘦削的童话中。

我跟那人走。一路上几乎没说话。说"几乎没说话"是说还是说了几句话。他详细问了我的姓名，要我别忘了自己是十二岁，也不要说初小没毕业，印刷学徒字认得太少人家怕你学不出师。

　　我心想我出去做工就跟得做贼一样要瞒这瞒那。

　　这个人叫文遥城，就是我在杏花园遇见的解放军。我认识他，他不认识我。我闷在肚子里喊怪，世上也有这巧的事。

　　街上冷清，行人疏落。"特务伤天害理，残杀青年！"的标语隔不好远就有一张。在柑子园街口两个工人迎上来，大声说"文先生，我们到处找你"，后面低声说的什么没听见。

　　文先生把我交给老板胡雪才。胡老板圆圆的矮，还和气。他说："莫碰机器，怕危险。学装订吧。"胡老板见到我包袱里露出的铜笔套，又说了一句，"你想写字？可惜，没地方。"

　　没有办什么手续，也没问我的学历年龄。我看出来文先生在这里讲得起话。

　　我被安顿在装订车间。

　　学装订是新派说法，原先叫学纸铺。师兄王冠生出身纸铺世家，车间里的师傅都尊敬他的父亲王云山先生。所以王冠生虽只比我大两岁，却跟大人一样的优越。他不用跟师傅们打洗脚水，不用跟师傅们添饭买包子。我就没退路，打洗脚水添饭这些都是我的事。

　　所谓"师傅们"就不是一个人。师徒间并没有一脉传灯亲承衣钵的关系。师傅们中间有几个老资格的纸铺闻人。柳绾容乃其中之一。他们不是产业工人，是一些经营不善的小手工业者；要不失意，不会不做小老板做工人。

　　晚上大家都上街玩去。我也上街。我不能玩得无牵挂。我要赶在师傅们前头回车间给他们打洗脚水。车间东头的角落放着各式脚盆。数柳绾容的最气派，一只铜盆还是同治年间器物。王大光只有木脚盆，死沉。王民俊锈迹斑斑的白铁皮桶，乃五百元金圆券买的旧货。我从厨房提热水上楼，分给柳绾容这几个人。我要提几次热水还要提几次冷水。冷热按师傅吩咐兑。好在不是都要我打洗脚水。王民俊王大光就从不要我打洗脚水。不过如果所有师傅都要我伺候，那他们也莫想睡觉。

王冠生跟我玩。我们两个时不时偷懒躲进纸筋房里喝冬酒。只有我一个人的时候，我就窝在纸筋堆里背字典。妈妈说的，一天认一个字，一年就认得三百六十五个字。

王冠生他晓得好多事，好多事他不讲我就不晓得。王民俊柳绾容是积极分子也是他告诉我的。我问什么叫积极分子，他说就是跟文先生走得近的人。"还有几个"，他说，"做彩印的戴大年师傅也是。"王冠生还说，这些人跟文先生学了一些时髦腔，"工人阶级""共产主义"这些，不懂什么意思。

戴师傅喜欢唱歌，晚上经常组织工人学唱歌和打腰鼓。教唱歌打腰鼓的女老师姓朱，是从演剧六队请来的。她能唱能跳，一口漂亮普通话。我们在操坪里排成行。文先生远远地看。有次朱老师教唱"解放区的天是明朗的天"，文先生跑过来对我们说，唱这个歌暂时小声点。我们就小声唱。朱老师教我们轮唱。此起彼伏，蛮过瘾的。

装订车间是手工操作，不像机印车间乒隆乒啷。除了数纸，其他操作都可以聊天。柳绾容每天说他去小瀛洲玩姑娘的细节，说话的派头让人觉得他见过大世面。小瀛洲是妓女麇集处，没有大妓院，整条街全是清秀小平房。每家都有一母一女，仿佛一家一室。柳绾容天天说着他的姑娘对他的情深。有些下流话。一见文先生来就不作声。

我和王冠生爱听王大光讲故事。不再是妈妈的岳飞文天祥了。说的是金镖黄天霸或者鼓上蚤时迁。他还有好多鬼故事。

王大光说过这么一件事。民国三十六年，他好久没事做。一家老小大年三十没米下锅。他独自躲在房里愁，咕噜了一声，"还不如死了的好"。话音刚落，一个全身白衣的女人出现在灯影里。尖阴的嗓子使他发抖："要死啊？来，跟我来。"那女的拿出一个绳圈在他眼前晃动。他恍然悟到这是吊颈鬼，吼了一声："呸！谁说要死了！"那鬼道："晦气！耽误我的事，我本是去宝南街二号找那家的大少爷的。"

一阵冷风。

王大光压低了声音。我觉得冷飕飕的。师兄王冠生每感到怕就气喘。他不失面子地移身到我和王大光之间，扑哧扑哧出气。

王大光说他急忙跑到宝南街找到二号。是一间米铺。大门紧闭。街灯映照下楼上窗口处有白烟浮游。他死劲捶门，大喊，"快找你家大少爷呀"。米铺一家惊醒了，一个伙计开的门。一班人边喊边找。他们在楼上找到了大少爷。幸亏来得是时候，把大少爷从绳圈里抬下来还没落气。米铺老板重谢他，这就过了一个好年。

类似这样的故事还有血糊鬼。这种鬼是难产去世的女人变的，背着血糊袋。王大光讲起来更吓人。在街上遇到愁惨的女人背负红色布袋，我就疑是血糊鬼。我会跟那女的走一段路。我有些怕又不怎么怕，只想世上真有鬼。有鬼就有变数，有鬼就有许多不确定。发生一点人间不能发生的事情我妈妈就不至于总是这般难。我还认为有鬼就存在看不见的近在身边的另一个世界。如果碰到鬼，那必须是真鬼，作兴它将为我启开另一张门，让我步出这突不破的罗网。所以我从小不怕鬼，一直期望碰到鬼。碰到鬼在别人是倒霉事，在我却是风云际遇。我刚进厂的时候没宿舍，许多人挤住一间民房，楼上楼下密密地躺在地板上，连插脚的地方都没有。大家只在非睡不可了才在车间里洗好脚去那地方。我睡在楼上墙角两口棺材上。这是哪个都不敢睡的。紧贴的两块弧形的棺材盖，中间是个稳当的睡处。我觉得我比师傅们睡得好。不久胡老板在东门捷径租到一栋青砖大屋，我才不再睡棺材盖上了。

当时长沙演艺界红星叫何冬保，他唱的刘海砍樵泥巴味足，土实粗豪。长沙市民的何冬保瘾，今天没有哪位天王巨星赶得上。每天吃饭的时候高音喇叭里只唱刘海砍樵。

一个周末晚上人都去了看何冬保演的刘海砍樵，只剩下门房和我在工厂里。空气稠稠的，闷人。我坐在操坪里望星星。在我眼里，星光闪烁是翅膀的扇动，闪烁的星星是飞上天去的白蝴蝶。我怀念杏花园。杏花园的夜不寂寞。尤其是夏夜，生机勃勃的静谧弥漫整个山谷。一如阳光下的白蝴蝶，星夜满山萤火虫。有些爬虫也会闪光，蚯蚓蜘蛛都闪光。夏天夜里的杏花园是蛙鸣虫鸣鸟鸣的生动放浪和光的冷绿晶莹。而这里，夜里听到的只有百粒丸刮凉粉叫卖的哑闷。偶尔一辆烂单车过，铃声曳一地铁锈。老猫怪异地叫了，弓身跳伏墙上。它眼里射出的绿光不似萤火虫，妖气氤氲使我觉得会有什么怪事。我朝猫望的地方望去，从门口铺面进来起一直延伸到车间的走道上出现了一个女人蒙蒙的影子，好像背着红布袋。我浑身一颤，既紧张又兴奋。说不定呢，她就是为我来的。我想了一下，这要是真鬼就有真变，是福是祸由他。都苦到这步田地，要变只能向亮处变。我偷偷跟着她。弯弯曲曲绕过两个车间，走过食堂澡堂，直走到工厂最后面。一路都黑，看不清楚。走到这空处连影子也不见了。我在犹疑中发现澡堂的墙和后面仁术医院的墙之间有一条尺多宽的缝，那头有路灯的光。十岁的好奇心唆使我穿过这条缝隙。这条通道有二十几步那么长，那边是医院的太平间。我从仁术医院的大门出来，到了都正街。都正街西头是登隆街。医院不像我们工厂那么黑，有一身白的医生护士和步履艰难的病人。我想刚才所见的女人是一个知道这条通道的护士小姐抄近路。我想以后工厂组织员工去登隆街看戏，我可以比哪个都快些。

我在都正街闲荡，在考虑是包远路回柑子园呢还是抄近路重穿那条狭缝。我觉得应该再走一次，仿佛要确认似的。我就又从那条狭窄的墙缝钻回工厂。从街上刺眼的汽灯下陡然回到工厂，显得比刚才还黑，要不是星光灿烂会连路都看不清。我吓了一跳，那间闲置的纸筋仓库的门开了，门内透出光。黑暗中没有什么东西比光更引人注目。我先头从这里过怎么一点也没注意这仓库？我跟踪的女人出来张望了一下，又随手把门带紧。就是她把烛光漏出来。我立刻想起王大光讲的鬼屋。有一个人醉后进了鬼屋，恍恍惚惚上了楼。他见一个漂亮女人把头摆在梳妆台上，斯斯文文梳头发。他惊慌失措往回跑，下楼见到四个人打麻将。他说，快跑，楼上有人把头取下来梳头发。这四人说，那有什么巧，我们都能。四个人一齐把头放到桌上，麻将牌洗得哗哗响。

我轻手轻脚靠近纸筋仓库，去门缝觑。那红布袋打开在台上，里面满满的三角形矩形的小红旗。原来工厂里的人并不是都去了看何冬保的花鼓戏，还有人躲在僻静处议事。我认出了那女的。她是做丝印的，就住东庆街。文先生带我去过她那里。那回文先生要我背着一匹红布。在路上文先生要我跟他相距远一点，莫跟得太近。

屋里有争论。我听得清。这回我晓得了一些秘密，比如说胡雪才要发不出工资了。柳绾容主张把圆盘机四开机搬出去卖掉，"我们要为工人做主"。文先生不然，说卖机器是杀鸡取卵。柳绾容坚持把工人发动起来跟资本家斗，"我们总不能不吃饭吧？"。很有几个人是附和他的。戴大年暧昧，好在王民俊站在文先生这边。不过文先生很艰难。他劝大家耐心些，现在时局动荡，生意不好，要体谅胡雪才的难处。文先生说："光明就在眼前，希望大家不要做过头。"

柳绾容的"光明就在眼前？只怕还没影呢！"这句话激怒了文先生。文先生拿起一面红旗往台中间一顿，激动地对着柳绾容说："红旗必将插遍全中国！"

还是柳绾容占了上风，第二天跟他跑的人多。也难怪，不发饷多数人急。他们把胡雪才困在办公室。胡雪才说尽了好话也不管用，背后还被人打了冷拳。他只盼文先生来，可文先生去车间劝阻撤机器的人了。文先生说，胡雪才是民族资本家，也爱国，不要把他逼死。因有文先生出面，骚动的人冷静些了。这是我见到的唯一一次小规模的工人运动。

有些事是师兄王冠生告诉我的。他说这回王民俊帮了文先生的忙。王民俊把几个"跟文先生走得近的人"拉到一起，说了好多好话。王民俊说，文先生把我们组织起来是为了保护工厂防止特务破坏。你们倒好，自己卖机器，这个月有的吃，下个月吃什么？特务无能破坏工厂，倒被我们自己破坏了。

王冠生说，柳绾容不齿王民俊那一套。

机器总算没有卖掉，但胡雪才被软禁起来了。工厂已经停工，没事就拉出胡雪才在操坪里转。还喊口号："打倒无良老板胡雪才！""不发饷我们死不开工！"

我见文先生维护胡雪才，偷偷送包子给这个被软禁的老板吃。有天他对我说，他想跑。这样有一顿没一顿的，还打人。不打死也会饿死。"今天才喝了一碗稀饭。"

我说："那你何事不跑？"

他说："跑？门口日夜有人看住。"

这夜，我领他挤过那条通道让他跑了。他太胖，要没有我推他他怕跑不脱。穿过那条通道后，他背后胸前全是黑乎乎墙垢。把他送出去后我本要回工厂的，但他要我跟他走。他想要我把以后工厂的情形告诉他。我跟他去了坡子街他堂姐家，在火宫殿背后。那地方只怕警察也找不到。

第二天有人给老板送稀饭找不到人，这就慌了手脚。柳绾容找来值夜班的人问。柳绶容认为只有值夜班中的某人打开大门放跑胡雪才一种可能，他不知道是哪一个。也不好发火，吐出些难听的痞话。后来柳绶容带人去了胡雪才可能去的地方。他跟胡雪才跟得久，老板有什么亲戚朋友他都晓得。偏偏他不晓得火宫殿后面那地方。

过了两天，有人透信说我跟胡雪才有接触，不妨问问。柳绶容就把我叫去问。问我的有三四个人。刚开始他们很机智地诱导，见我反应迟钝才义愤填膺地骂我是工人阶级的小叛徒。柳绶容威胁说如果知情不报，要把我除名。他说现在是他们说了算。

我怕被除名，怕妈妈伤心。我怕激怒他们。但我不知道是出卖胡雪才好还是对他们说谎好。"出卖""说谎"都不好听，我要拣一头。我从来没有碰到过这样困难的选择。我在呵斥声中静不下来，半天没搞清楚到底拣哪一头。

他们问话是在铺面里。铺面平日归张建乐师傅管。是对外零售也接业务的地方，所以临街。罢工这几天没开板子。那时没有卷闸门，用的是木板。阳光从板子缝里劈进来成了竖直的一片片。我心里想太阳光也有办法撕碎的啊。

我的注意力不集中，一片片薄薄的阳光里活泼的悬浮物引开了我关于"拣哪一头"的斟酌。看着阳光里飞舞的尘埃，我想起杏花园的白蝴蝶了。

柳绶容不耐烦，其实他也不以为我真晓得什么事。我沉默这么久他显然既烦躁又无奈。但他还是干吼，逼我退出遐思。银宫电影院正隆重上映《国魂》，是说文天祥的。文天祥我知道。我选择了说谎。我说是听过胡老板要躲到小瀛洲去。柳绶容一听就发火："我还不晓得，胡雪才是个守财奴，他从不去小瀛洲。"

找不到胡雪才柳绶容说话不灵了，原本围着他的人变成一盘散沙。柳绶容急，带着一群人到操坪里唱"谁养活谁呀大家来想一想"。唱得跟骂一样。

几天不见的文先生出现了。他不知道胡雪才失踪的事。柳绾容冲着他不客气："这下好,工钱找哪个讨去?还是把机器搬出去卖了罢!"

文先生听到"胡雪才跑了"比谁都急。他说他找到了一些钱,要老板签字办手续。他把我扯到一边问:"你真的晓得老板在哪里吗?"

这事最后怎么了的不清楚,只记得带文先生找了胡雪才。很快恢复了生产。我只记得这之后文先生跟我说话多些。这之前没说过几句话。他要我晚上去他的办公室看书写字。还回答了我问的"什么是共产主义"。他说的"各尽所能各取所需"我只理解"各尽所能",那就是有什么本事都贡献出来不求回报;"各取所需"始终不懂,想要什么东西随便拿,难得那等好事。

很快到了一九四九年八月五日,那天我和王冠生拿着小红旗跟工厂的队伍上街迎接解放军进城。这是王民俊出头组织的。黄兴路蔡锷路隔不远就有一个松枝扎的牌坊,红旗招展。两边挤满人。我们工厂出了一个腰鼓队一个歌咏队。文先生在街中间瞭望。大部队一出现他立即向我们这边做手势,歌声鼓声鞭爆声沸腾起来。

胡雪才指着走在大军最前头的一个并不魁伟的人说:"这是一员共产党的大将。"我看那人,觉得一点不像关老爷赵子龙。

大军从我们眼前走过,文先生频频跟队列里的战士打招呼。

解放没几天,文先生说他要走了。有说他回部队南下的,也有说是有人向上头告他思想感情有问题调开了。

文先生临走送了我一本很旧的北新书局出版的鲁迅的《野草》。他说:"你可能看不懂,留个纪念吧。"

我翻开那本书,书中有一只被压得扁扁的白蝴蝶。是杏花园的白蝴蝶。

文先生走后个多月,我们迎来了共和国的诞生。我们从高音喇叭里听到"中华人民共和国今天成立了"。洪亮的声音把"共"字读成平声我有很深的印象。

我于一九五〇年元月六日加入了中华全国总工会，成了后来市工会主席马隆安说的全中国最小的工会会员。

老娘娘和她的后人

长沙东边乡里永嘉冲、荷叶湖两处陈姓的开山祖是一位山东妇人。这是光绪手里的事。她带着幼小的二儿子、三儿子和两岁的女儿，从浙江上虞迁来长沙。她的丈夫和大儿子怎么回事无人说得清楚。她的三儿子是我祖父，名经庸、字庆楼。女儿叫陈亢。陈经庸的产业在永嘉冲。我是永嘉冲这边的。永嘉冲的后人不知她二儿子名号，连我的父辈也不清楚，只称陈二老爷。陈二老爷死得早，晚辈关于他的记忆少。

她似乎总在漂泊，很小年纪就远走他乡，从山东嫁到上虞陈家才十五岁。娘家是读书人，从小能吟诗作画；她的丈夫文墨如何，没有任何资料。她的身世被时间模糊了，具体事件很少。她何故从山东嫁到上虞又何故从上虞迁来长沙，一点消息也没有。连姓氏都没有留下来。初到长沙住三兴街。子女成人后，二儿子在东乡荷叶湖安家，三儿子到当铺当学徒。三儿子忠厚文弱。二儿子烈霸些。她伴三儿子过。她三儿子的师傅也就是当铺的老板见这后生老实，邀他做了股东。好景不长，当铺倒闭了，转做咸鱼生意。应该一度富有过，后来衰落了。我二伯伯陈为鸾说过，要用钱的时候，从枕头底下摸出一两件玉器去当，可供家用几个月。这句话点画了陈经庸由盛而衰的情形。她的女儿是个精明能干人，跟陈二老爷一样受过很好教育。后来她三儿子把余钱交胞妹代为购置产业（那时叫"把钱埋到地下"），陈六就在永嘉冲帮陈经庸买了一栋屋和三十几石水田。离荷叶湖不远。永嘉冲从此成了她三儿子一家老小的栖身之所。就这两家来说，荷叶湖殷实，永嘉冲清寒。她的后人，像一群荒原上的迷途者，有的朝左走，有的朝右走。这个家族不茫然就不会延续。

她的第一个孙子出世后不久，为起名字的事开了一个会。陈姓是外来户，没有祠堂。她在荷叶湖大屋的堂屋里摆上祖宗牌位，宣布她的旨意。这一系陈家的派名是"孝友传家经，为善定必昌"。她的儿子是经字辈。她对两个儿子说，派名是祖宗定的，你们两兄弟的名字不由我做主。今天我要为你们的儿子和你们的孙子的名字做主。今后，为字辈的男丁一律从鸟，善字辈的男丁一律从土。男子汉不要窝在家里，出去闯。在皇天之下后土之上飞。她的孙子中只有最小的陈为鶸不遵祖训，守着永嘉冲的老屋游手好闲。其他的人先后离开了永嘉冲、荷叶湖，无一人回老屋长住。

她的这个长孙，取名为鸾。是为字辈第一人。是她迁居长沙后添得的第一人。这个为字辈第一人，一九〇一年得了一个儿子，是善字辈第一人。取名善基，乳名曰"泰"。陈善基与他的两个叔叔同一年出世。一个是荷叶湖的嫡亲叔叔陈为鹇，一个是永嘉冲的堂叔陈为鸾。

陈为鸾入长沙时务学堂，与同学蔡锷善，随蔡锷辗转。一九一五年秋陈为鸾家书称，"不日将举义帜"。她于接信后第二天动身去了云南。到云南后，她驾一辆马车拖一副棺材，随护国军进退。后随军人川，在纳溪收得陈为鸷尸骨。她水陆兼程把棺木运回长沙，葬于岳麓山禹王碑右下林中。"孙儿终不负我，以一死报国。""吾孙身被七创，怒目圆睁。""不日将与孙儿同归故里。"是她从纳溪寄回的信中的话。情感上，这位从上虞迁来的山东妇人，已视长沙为故乡了。

她是这系陈家的一个谜。不为别的事，就为她长寿。没有人说过她的死。她要活到地老天荒。就是今天，家里人说起她，总是这号口气："应该不在了罢？"哪个都没有十足的把握。她永远在世上某处。六年前，我的九十二岁的堂兄陈鼎在电话里说，"前不久老娘娘来过"（沿袭上虞民俗称曾祖母为"老娘娘"，称祖母为"娘娘"，这"娘"字读如"酿"）。

一九四九年之前，她的后人，谁死她都到过场或据传到过场。一九四九年后，山川人物在光天化日之下。神秘没有了。她也就没有确实出现过。说"没有确实出现过"，是有那么一两回又有说见过她的。都是海市云烟。不过是人熬到高龄或疾病缠绵脑萎缩后的梦影。有两位与她只隔一代的人活到一九四九年之后。一位是她的女儿，我的姑祖母，我叫姑婆的陈亢，活到一九五九年。一位是她的媳妇，我的第四位祖母，我叫娭毑的张氏，活到一九六八年。如果真的每有后人去世她必到场，这两位的死没理由不来。没有听说也没有人打听。我们早已开始了新的生活，忘记了老娘娘的存在或不存在。

解放后，陈亢住长沙市一中。陈亢的儿子沈君逸在长沙一中教书。我家住荷花池荷池新村七号。一排烂木板屋中的一间。离一中不远。我叫沈君逸"表伯伯"。我常去表伯伯家。陈亢虽是女的，体魄却可用魁伟来说。她已不大动得。坐在椅子上有如石像。看得出高大。直到临死前三年，体形才转瘦弱。陈亢说自己的性格和长相像娘。比两个哥哥像娘。我这就想起关于老娘娘的一则传闻。老娘娘从上虞来长沙的路上，有一次躲雨歇在破庙里。闯进来三个山贼，说这是他们的地盘。意欲索取钱物。四个轿夫躲到菩萨后面去了。老娘娘手上正拿着一件衣。她对那三个人说："你们等等，我把这件衣服找个地方放好再说。"她右手反手抱住一根撑庙顶的木柱。把木柱提起。左手把衣服塞进木柱与石墩之间。庙顶嘎嘎作响。狸鼬奔窜。她徐徐放下木柱。压住衣服。说道:哪个上来拿钱？四个轿夫见状，从菩萨背后钻出来助威。山贼遂打拱退去。

陈亢当新娘气派。一身凤冠霞帔。有丫鬟仆妇伺候。过门之前，她的丈夫有两房姨太太。大姨太向义，未育，是《红楼梦》中平儿式的人物。处处维护主母。二姨太生有子女各一人，生性谦卑，称陈亢"太太"，称陈亢的子女"少爷、小姐"；自己亲生的子女也只认陈亢为母亲；她称自己的子女也是"少爷、小姐"。

陈亢的丈夫是衙门里做官的，叫沈师爷。早死。

陈亢是个打得开局面的人，带着一群儿女和丈夫的两个姨太太过日子。

陈亢头胎产一死婴。家人怕她受刺激，抱邻家新生女婴冒充。此女两三岁即看出是个哈宝。陈亢亦知道不是自己血脉了。此女成人后，陈亢视如己出，不愿轻易许人。她说服陈经庸，让陈经庸长子陈为鹏娶了这个哈宝女儿。

沈师爷有个叫熊希龄的朋友，一直照顾他们。一九二〇年熊希龄在北京办了香山慈幼院，召陈亢去做分院院长。沈君逸因此有条件在北京完成高等教育。西安事变时，沈君逸是张学良的电台台长。西安被围得水泄不通，唯无线电波围不住。蒋介石恼火，事后通令抓他，派了一位师长负责搜捕。这位师长与沈君逸有旧，他躲在这位师长的专列上，满城搜他不得。

沈师爷有一个侄儿还有一个侄女，年纪与沈师爷差不多。都聪颖俊秀。沈师爷是江苏青浦人。我怀疑这两兄妹祖上也是从江苏青浦迁来长沙的。他们住长沙东乡棉花屋场。

老娘娘喜欢这两兄妹。她托人说媒，让陈为鸾迎娶了沈师爷的侄女。这是 19 世纪末的事情。他们结婚后，育有一子一女。女儿叫善蓉，儿子是上面提到的陈善基。

三位姓沈的，只有沈师爷的侄儿也就是陈善基的舅舅留下了名姓，这人叫沈荩。沈荩与谭嗣同、唐才常过从密切。

谭嗣同、唐才常经常出入陈、沈两家。姑婆说过，谭嗣同激烈，寒冬腊月额头上覆有汗珠。

谭嗣同、唐才常、沈荩都是三十多一点死的。都是震动川岳的死。沈荩为报道"中俄密约"，于一九〇三年被慈禧下旨杖毙。审讯时他痛骂慈禧"丧权辱国"。清廷刑律中的枭首、凌迟、戮尸都是用的刀。刑部不熟悉用木杖致人死命的技术，八条大汉用木杖打了几个钟头。肉已成酱，骨已成粉。章太炎正在牢里，闻沈生死，写了几首哭他的诗。老娘娘也有一首五律，其中一联说："因言论获罪，知暴政将亡。"沈家将老娘娘手迹一直保存到"文化大革命"。

她写这首诗的时候，陈为鸾、陈善基两岁。

老娘娘是有些钱的。不富而够用。不穿绫罗绸缎。信佛不佞佛。持咒不持戒。荤腥不避。能饮而不嗜酒。有她喜欢的青年来，不拘长幼，豪饮移时。住三兴街那阵子，经常应邀与谭嗣同、唐才常、沈荩几个人登岳麓山呼啸。她身处有清而天足。这是她父母的功德了。从这件事看，她的父母是不附潮流的通达人物。因她是天足，上两辈陈家的女人，不论是自家女儿还是娶进来的别家女儿，除我叫娭毑的张氏外，都是大脚板。

沈苊去世后十三年，陈为鸷阵亡。办完后事老娘娘离家了。她说去上虞看看。到底去了哪些地方搞不清楚。家里不把她当寻常女人，走了以后音信渺无没有人惊讶。后人接受她"志在天下"的教训。永嘉冲、荷叶湖两处大屋里，常年只有女人和未成年小孩居住。男子成年后都出去了。一去少回是惯例。荷叶湖的陈为鸷，永嘉冲的陈为鹏都是一去不回的。陈为鸢出门后，十年回一次，他的二子一女年龄次第相隔十岁。

陈经庸先后四娶。原配康氏。继配黄氏、李氏都是匆匆病故，未及生育。后来陈经庸经一个商业上的朋友保媒，娶了比他小 20 岁的张氏。张氏过门的时候，见一屋子儿女孙辈，心知保媒的人隐瞒了诸多实情，私下哭求送亲的舅母带她回去。送亲的人虽是同情，亦无可如何。婚后不久，她看到康氏的儿女对她恭敬，才逐渐安下心米。永嘉冲这边善字辈兄弟，称康氏"娘娘"，称张氏"娭毑"。因为陈经庸娶张氏的时候，在长沙生活几十年了。后来由陈经庸包办，把张氏的姨侄女李定仪许给次子陈为鸢。他们结婚后，于一九一九年生了个胖儿子，取名善坦。善坦还没出世，陈为鸢与陈为鹇和从南京回来的陈善基三人结伴离家。这次走出家门，陈为鹇改称陈为韩。陈善基在长沙长郡中学读书的时候就叫陈公培了。陈为韩、陈公培叔侄北上。陈为韩进保定陆军军官学校，陈公培去了北京。陈为鸢在长沙谋事，与伍仲豪、柳直荀等交往，不过十几岁人。

陈为鸢守节操甚谨。宁为兰摧玉折，不作萧敷艾荣。他诗词秀崛，人多叹服。然为人谦和，锋芒不露。伍仲豪亦好吟。两人酬唱，寒暑不辍。

陈公培想进北京大学读书，没进得了。他和其他进不了北大的青年住在一个叫五老胡同的地方。在北京大学的南面。那时北京大学校址叫四公主府。在马神庙。北京大学图书馆最初用的是四公主的梳妆楼。一群激进青年聚在一起，主张不要家庭、不要姓、不要名。这在当时是风气。天津的"觉悟社"成员，也是要割断历史，废除姓氏的。人人抓阄定代号。做出许多纸坨坨，放在盘子里，用筷子夹。邓颖超夹了一号。周恩来夹了五号。一号用"逸豪"做笔名。五号以"伍豪"当代号。陈公培名"无名"，就是从这个胡同里开始的。还有施存统，他不要姓，叫存统。后来跟赵世炎结婚的夏之栩也在这里。成立中国共产党的发起人，五老胡同里占了两位。

一九二〇年初，陈亢应熊希龄之召到北京，和陈公培见过一面。一九五五年陈亢跟我说："我们自然会说到你老娘娘。你泰哥（善字辈兄弟叫陈公培"泰哥"）说他的一个朋友在杭州见过她。她与李叔同、夏丏尊、陈望道来往。还说她参与过李叔同'打七'。她是一个喜欢跟青年往来的人。"

我猜想陈公培说的那位朋友，作兴是施存统。要是一九八几年想起写这样的东西，我会跑到天津去找施光南。他或许保存有他父亲的回忆录这类文件。那里面如果能发现哪怕一点点老娘娘的踪迹，写起来要翔实许多。何况我喜欢施光南。他的歌由关牧村沉厚珠润的女中音表现，深情感人。

这时陈公培想去法国，正准备离开北京去上海。他请陈亢写信到长沙，邀他的堂叔陈为鸾同赴法国。陈公培到上海后，参加了筹备成立中国共产党的活动。由中国革命博物馆党史研究室李彦、罗征敬记录整理的施复亮（存统）的回忆文章里说："一九二〇年六月底，陈独秀、陈公培（现在是国务院的参事）、俞秀松、李汉俊（李书城的弟弟）

和我五个人，在上海建立了革命组织，拟出十余条纲领，定名为'共产党'。"陈公培是这样说的："在陈独秀家里又座谈过一次，共有十几个人参加。除陈独秀外，有沈玄庐、刘大白（后来反动）、戴季陶、沈仲九、李汉俊、施存统、俞秀松，还有一个女的和我。戴季陶最投机，两边挂着哭哭啼啼（李达当时还在日本，陈望道在杭州，都未参加）。这次会是一九二○年夏举行的，作为组织共产党的准备，搞了五六条章程，很简单。"一九五六年十二月，由王来棣访问整理，经施复亮本人审阅、修改的《中国共产党成立时期的几个问题》一文中，施复亮这样回忆："六月间，陈独秀、李汉俊等筹备成立中国共产党，无政府主义者沈仲九、刘大白等也参加了。当时，第三国际代表维经斯基在上海，主张成立共产党。由陈独秀、李汉俊、俞秀松、施存统、陈公培（无名）五人，起草纲领十条。陈公培抄了一份到法国，我抄了一份到日本。后来，陈望道、邵力子、沈雁冰等都参加了小组。"

这年的秋天，陈公培和陈为鸢一起，带着手抄的中国共产党纲领和陈独秀的介绍信去了法国。上岸时，正巧华法教育会派陈延年到码头来，迎接这一批勤工俭学学生。陈公培把陈独秀的信交给陈延年。陈延年见信后说："独秀那个人，你别理他！"

陈延年、陈乔年兄弟当时是无政府主义者，不满父亲组织中国共产党。在巴黎的无政府主义者有陈延年、陈乔年、徐悲鸿、刘无为、刘抱蜀、独无等人。刘无为、刘抱蜀两个是刘师复的妹妹。不久，陈延年、陈乔年兄弟在赵世炎、陈公培影响下，接受了马克思主义。赵世炎首先发现了陈氏两兄弟的倾向变化，写信给陈公培。赵世炎要陈公培"速即写信"给陈延年。赵世炎信中说，有一部分无政府主义者"倾向颇变"，而陈延年的变化"极为可爱"。

一九二一年十月，陈公培与李立三、蔡和森、陈毅等一百○八人回国。到上海后，陈公培回忆："我负责介绍李立三、蔡和森二同志于党组织。陈独秀当时在上海，留蔡和森在中央，李立三去湖南，我去海南岛。陈毅同志后来到北京去，不久也在北京入党。"

陈公培到海南岛以后，以教书为掩护，发展了海南岛的第一批中国共产党党员。新中国成立后，他还记得的有鲁易（湖南常德人，琼山六师教员）、罗汉（后来是托派）和海南岛本地人徐成章、徐天炳、王大鹏、严凤仪、王文明、王乃器。他说："接触面很狭，做不了多少工作。以后因当地反动势力的压迫，仍回大陆，直至一九二五年，国民革命军到海南岛，党的势力在海南岛才扎下了根。"

回大陆后他加入了国民党，进黄埔军校第二期。北伐战争中，他任国民革命军第四军政治部副主任。一九二七年参加八一南昌起义。此后与党组织失去联系。

陈公培是如何与党失去联系的，有一种说法是他参加南昌起义随部队转战到潮汕受挫，队伍被打散，找不到党组织了。如果这是真的，那他与陈为鸾的情形差不多，都是在白色恐怖笼罩下没办法找到党的组织。但我听他说的不是这么回事。

一九六七年我去北京看望过他。地址不记得了，是国务院参事室的房子。依稀一条冷清马路的南面。不宽的胡同。走进胡同，西边好长的灰色围墙。围墙有一不气派的门。陈公培的房子离这门最近。还有几栋格局相同的房子，没问住的谁。要问，一定都是知名人士。

院子里寂静，不见有人走动。空坪里没有草木，猫狗也没有。他在木沙发上，身体向右倾斜，半边屁股坐着。他说痔疮痛，很严重。我坐的木椅，和他面对面，隔一张矩形茶几。我记得最深刻的是他说我幸福。这是开头的话题。他问我在哪里工作。我说在乡下种田。"在江永县，就是解放前的永明。"我解释了一下。他用近乎惊叹的语气说：

"你们太幸福了。真是太幸福了。"

当年的志士，为实现共产主义理想出生入死的一代，已完全不了解老百姓的忧虑。他们显然以为为之奋斗的目标已经达到了。他是真诚的。建党之初的知识分子，有一些人始终没有从一个热血青年蜕变为政治家。洞穿旧中国黑暗的眼光，在新中国变得幼稚。年轻时候提着头颅在人群中穿梭，现在靠《人民日报》和给党外人士看的内部文件了解天下。他不过是清客，我想不是清客的人，也未必清楚普天之下是什么样子。他们从下级那里得到的汇报材料，使他们的憧憬越来越美好。我问他为什么脱党。他说："我跟王明搞不来，他只听共产国际的。什么第三国际、共产国际啊。斯大林只顾苏联的利益。一切为了苏联。"有红卫兵冲进来，我担心是来抓他的。那会破坏我们的谈话。幸好红卫兵冲向另外一家。他说早几天已被抓出去批斗过了。

一九六五年李宗仁回国他去了机场，在报纸上看到的。这是解放后陈公培唯一一次见报。我问那天招待李宗仁吃的什么菜。他回答说："萝卜。满桌菜全是萝卜。"怎么会问出一个这样失格的问题？现在想起来，可能与我到那时为止吃饭艰难有关系。

我只想多了解一点事。读历史，和听一个从历史走过来的人说，感觉不同。他说难得讲，给你一些材料吧，回去看。看得出他没有被抄家。几房子的书籍齐整。他去一个书柜前翻，拿了几页纸给我。这几张纸是夹在一大开本英文版的维柯的《新科学》里面的。有手抄的有油印的。是许多年前他和其他人应党史研究部门之请写的回忆。一九八五年我在株洲市科技情报研究所偶然发现，这些文字收在一九八〇年人民出版社出版的《一大前后》。上面千多字就是抄的书。

说到老娘娘了。心里好想他肯定我从小听说的故事。如善墉、善墀在第一次长沙会战中阵亡，是老娘娘把他们从死尸堆里拖出来的。陈公培说："迷信。人就是在，也没那力气了呀。不过，老娘娘是个怪人，子孙没她飘悍。"善墉、善犀，还有一个善圻是荷叶湖那边的。我不知道他们是哪个的儿子。陈为鸶与陈为韩之间，一定还有人，那便是他们的父亲。

我说了我父亲陈为鸹去世时的一件事。父亲逝于一九四四年，我五岁。那时我家住长沙杜家山。美国救济总署选这个地方盖了一批慈善房，门上方的窗棂用细木做成"慈善"两个字。单家独户的平房，一般人并住不进。姑妈陈为灿的男人狄毅人在美国救济总署当科长，大概是这层关系，我们住进了杜家山。光秃秃的山，白骨狼藉，多是军人遗骨，只有腰间的军用皮带没有腐烂。我和近邻的玩伴常在这些敞开的棺材和白骨之中捉迷藏。父亲久病，肺结核。妈妈把陪嫁的蚊帐都典当了。父亲去世当日，娣驰的侄女我叫印姑妈的来帮忙。黄昏时候，妈妈在后院做事，只有印姑妈守着父亲。父亲去世没有给我留下阴影。我不懂得父亲去世意味着什么。我和妹妹善清在户外玩。我进屋的时候，听得印姑妈对我妈妈说，刚才来了一个老婆婆，在三哥床边站了一阵。说了些什么听不清。我正想喊你，她就走了。我妈妈大声说："老娘娘，是老娘娘！往哪里走的？"妈妈赶到户外瞭望，只有秋凉的风。

父亲葬在岳麓山赫石坡。办完丧事，妈妈和印姑妈好几天议论这件事。她们这样天天说，我就记起那天和善清在外头玩泥巴，是有一个老婆婆立在身旁。过了几天她们还在说，老娘娘、老娘娘地叹息，空气中到处是老娘娘。我就觉得那天蹲地上玩的时候，老婆婆摸过我的头。等我站起身，有秋凉的风拂过。

告别泰哥后第二天，我坐火车去乌鲁木齐找堂兄陈善增。"文革"开头两年坐火车不要钱，只要挤得上。尿急了上厕所，攀着行李架，踩在座椅的靠背上，从人头上跨过去。

善增毕业于乌鲁木齐八一农学院，农业机械化专业。在奎屯农七师第二拖拉机厂工作。他来乌鲁木齐跟我住了几天。他是陈为鸾的幼子。比陈善坦小二十岁。善增（我叫琳哥）是陈为鸾从关外回来生的，现居海口。退休前是海南民革省委秘书长。

陈为鸾留法归来，一直从事共产党的地下工作。一九二七年，他是湖南浏阳县的中共县委书记。人手少，他把自己的哥哥陈为鹏和我的五舅狄容邨都发展成中共党员。一九八二年我去衡阳看他，他跟我说："神差鬼使。我在马日事变的前一天去长沙找省委汇报工作。第二天长沙在杀人，浏阳在杀人。我在路上。"

解放后才知道，省委书记都跑了，哪里还有人。一九二七年五月的中共湖南省委书记是夏曦。夏曦事先已知道有事变。他不向党内同志透露，不向同志们发出警告，自己携家眷离开了长沙。

我最小的姑妈陈为湘（我叫满姑），晚年每天默写唐诗，说是为了锻炼脑力和治疗手腕的抖颤。我建议她写下她所知道的祖上的事。几个月后，我收到表妹李大庆寄来的满姑的手稿。是写在旧挂历的背面的。表妹附了一信，日期是一九九九年十二月二十一日。陈为湘这样写的陈为鸾："大哥为鹏（子望）长期在外。二哥为鸾（子秩）留法勤工俭学归来，从事共产党地下工作。大哥及亲戚狄容邨同二哥在浏阳，公开身份为小学教员。二哥实际是中共浏阳县委书记。民国十六年马日事变，二哥因到长沙汇报工作得以幸免。大哥及狄容邨躲到当地夺天巧照相馆，没躲得脱，被捉去砍头。从此二哥与党失去联系，改名陈銮，亡命关外。一直不参加国民党任何组织，当小职员谋生。"

狄容邨的妻子姓沈。是沈师爷弟弟的女儿。陈为湘称她二姐。陈为湘遗稿中说："二姐生子女各一人，子名狄春森，女名细纯。二姐是苦命人，丈夫被杀后，母子三人长期住孤儿院。二姐当保姆。儿女在孤儿院长大。儿子后来学石印。女儿不慎掉进开水锅里烫成残疾。"

一九四九年八月长沙解放，民政部门颁发了狄容邨的烈士证书。狄春森成了烈属，在长沙浏城桥底下一间粮店当主任直至退休。遭孽的是陈为鹏的妻女。他妻女均弱智。其中有我叫"毛姐"的，几十岁还是大舌头。娘女五口在乡下，解放前有家族照应，解放后家族不复存在，陈为鹏又得不到烈士证书，成分自然是地主，所以这五娘女解放前吃不饱，解放后没饭吃。

陈为湘遗稿中的"大哥及狄容邨躲到当地夺天巧照相馆"这件事，是老娘娘说的。老娘娘不说没有人知道。

马日事变后第八天，离家十一年的老娘娘突然回来了。她是坐轿子回的。轿子抬到大门口，老娘娘双脚刚落地，陈经庸病逝。

轿子后头拴着两个黑漆木匣。一个木匣装着陈为鹏的头。一个木匣装着狄容邨的头。

陈为鹏的妻子傻乎乎，见到丈夫的头颅，嗦嗦地笑。她抱起丈夫的头放到枕头边，不许人拿走。

陈经庸、陈为鹏父子同日举殡。挽联中有"两代哭爹声"的话。这时张氏儿女尚幼，长女陈为畅八岁，子陈为鹮六岁，满女陈为湘三岁。

老娘娘与张氏相处数日后走了。这是老娘娘确切的出现。以后再有人遇见她，便有仙踪鬼迹的味道了。不用说，仍是一个强盛的生命。她在一边衰老，一边诞生。

我家原有一大箱子祖先遗像。上虞风俗，人死后要请画师来画"揭帛画"。即揭开覆盖在脸上的白布画脸。虽然祖上没有一个做官的，还是男的画上清朝官服，女的服饰像是某品夫人。揭帛画自康氏、黄氏而上，有曾祖父、高祖父母等等。李氏娘娘只有照片而无画像。不说也晓得，没有老娘娘。她永远在人间。每逢过大年，永嘉冲陈家必挂大红堂帐和祖宗画像出来。堂屋正中摆上两张拼成长方形的方桌。上摆锡烛台、干鲜水果，下烧一盆熊熊炭火。初一到十五，天天摆供磕头。在长沙东乡，只有永嘉冲陈家如此。满姑说："别的人家未见过。"

现在永嘉冲还有当年的贫下中农，仍在使用土改时分得的陈家器物。善辉、善增一九九三年为把父母骨灰安葬到老家回过永嘉冲。有农民想把分得的陈家的东西当古董卖。一个雕花脸盆架开价七千，雕花床要一万二。一位老农说，床是陈为鹏一房的，买回去吧，有纪念意义啊。善增后来说："他们要我高价买回自家器物，我想起父亲说的，伯父曾偷爷爷三百银元，给我父亲做共产党的活动经费这件事。"（上虞民俗，"爷爷"的发音是"亚亚"。）

一九四九年，陈为鶒以地主、恶霸罪名被农会抓捕。他辩称抗日战争时期，杀死过一个日本军官，有缴获的日本军刀和其他武器作证。农会遂把他放回。没过多久，又再次抓去，被翻了身的农民乱棍扑死。这天，兴奋的贫下中农把永嘉冲陈家老屋里的揭帛画扔到田里烧。刚燃着垫在画像下面引火的稻草，即见一老妇跪在画像前磕头。她满身是泥。额头上也是泥。她磕九个头后，起一阵白窝子风，昏天黑地，画像卷到大上去了。这是永嘉冲贫协主席罗菊全一九六四年对陈为湘说的。一九二六年至一九二八年，罗菊全十几岁，在我们家里做过长工。他见过老娘娘。他对满姑说："一起风人都散了。我边走边想，觉得这个婆婆眼熟。一下想起来，是你娓驰。我带人回头抓她，没抓到。

要是被我抓了，跟你哥哥一样下场。"那个时代贫下中农说话，是这样有底气。

陈为鹬被打死的时候刚结婚，妻子是甘家屋场罗兰芝。罗兰芝无生育，数十年不肯再嫁。永嘉冲老屋不复存在，长期住在娘家。总盼着陈家有人回去。直等到一九七九年十一届三中全会之后，才有陈为湘、陈善辉姑侄回老家。她总算见到亲人了。她说"我就相信陈家人不会死绝"。

陈为湘后来接罗兰芝到长沙同住。

满姑八十岁那年，写过一篇祭张氏的文章。文中说："阶级斗争越抓越紧，儿被单位点名，勒令将剥削阶级老母清理出省政府机关宿舍。儿先是回东乡原籍，以母亲未参加土改，且无人照顾为理由，向贫下中农协会请求送老母回乡，被罗菊全等贫下中农拒绝。"

陈为湘就是这次回永嘉冲，听罗菊全说了前面那些话。

张氏被老家的贫下中农拒绝了，陈为湘只好送她去桃源陈为畅处。陈为畅的丈夫是桃源人郭子钧。旧军官。郭子钧逃港，陈为畅成了反动军官家属、四类分子。陈为湘祭文说："一九六八年农历十一月十九日。当日姐被派往远处挑塘泥，不能照顾病中老母。后听外甥说，母亲是伏在烤火的烘罩上死的。一边脸烤起了大水疱。"

张氏这样死了，陈亢早在一九五九年去世。都不再有老娘娘消息。还有陈为韩，解放初期在昆明被镇压，也没有听说过老娘娘到场的事。陈为韩临死不一定想到老娘娘，很可能想到陈公培。不过陈公培救不了他。莫说陈公培不在党内，行止也无从把握。陈为韩被枪毙的时候，陈公培经潘汉年安排，刚从香港到北京。

陈为韩从保定陆军军官学校毕业出来，进了国民党军队，做过七十三军十五师师长，七十三军副军长、代军长和长沙警备区司令部司令。陈为畅的丈夫，就是十五师的参谋长。

陈为韩没有参与内战。抗日战争时期，他率十五师守武汉。当时敌台广播称"有顽敌十五师破坏力不弱"。一九四三年陈为韩回家过旧历年。自制走马灯上书："恭贺新禧，抗战到底。努力杀敌，最后胜利！"当警备区司令那阵子，与陈公培常在一起喝酒聊天，两叔侄像两兄弟一样。受陈公培托付，陈为韩营救过田汉、翦伯赞等人。

我的父亲也在十五师做过事。闲差，糊口而已。我父亲之所以能葬在岳麓山赫石坡，就因为岳麓山是十五师的公山。

我父亲一世人没做过正经事。他生性简脱，有林泉牧歌之志。人是清透的。磊落逸爽。好玩、善饮、乐友。于市街闲逛，闻弦歌必觅其处。见有闲置乐器，取而抚弄，或吹或鼓，配合密致；入不言、出不辞。陈为湘遗稿这样说："三哥为鹄（子正），聪敏过人，无师自通。"却不事家产，四壁萧骚，身后苦了我母亲。

马日事变后，陈为鸾到了武汉。到武汉不久，他患上疟疾。他是想跟伍仲豪去南昌的。伍仲豪那时是武汉国民政府警卫团的连长。一天晚上伍仲豪来看他，他说："我跟你一起走。"伍仲豪说："不行。你的身体太差。此去甚苦。"伍仲豪一走，他无依无靠，病愈后化名陈銮北上谋生。陈銮跟我说过："我的身份只有伍仲豪清楚，只有他才能证明。但他死了。"陈銮带着他不为人知的"身份"，波澜不惊地老去。

陈銮描叙伍仲豪只有几个字："伍仲豪，耒阳人。孝子。工诗、好弈。"

伍仲豪后来上了井冈山，与林彪、黄公略并称为毛泽东的三员骁将。关于伍仲豪牺牲说法参差。陈銮说的却简单："共产党杀了张辉瓒，国民党杀了伍仲豪。"到底哪种说法是历史，搞不清。上辈人的事，只有上辈人说得清。我们说不清，想不清。

一九五〇年，陈銮去了一趟北京，见了留法的老朋友。那次见到李富春、李维汉等人。李富春安排他去湖南省政协工作。他不去。他说我脱党几十年，没有贡献。无功不受禄。还是回衡阳做银行职员。直到上世纪八十年代，才有湖南省委统战部派员到衡阳看望病中的他，称他是"为党的事业做过贡献的老同志"。

陈銮从关外回来后，在衡阳中正路中国农民银行搞事。职务是"办事"。低于经理和襄理，高于一般办事员。解放后中正路易名解放路，单位改为中国人民银行衡阳市营业部。

一九四九年三月，陈銮坚持长子善坦到衡阳举行婚礼。他估计到这可能是父子最后的一面。善坦黄埔军校 15 期毕业，后去遵义军官外国语学校攻读俄罗斯语。他读黄埔军校起，用的是"陈鼎"这个名字。遵义军官外国语学校毕业后，做针对苏联的情报工作。后来担任东南亚地区特务头子。工资每月一千美元。陈鼎做过"中华民国"驻瑞典王国见习武官。其间与一瑞典女子恋爱，上级不批，回来后与陆薇结婚。陆薇是"国防部"的工作人员，上海百乐门老板的女儿，去台湾后，在中华航空公司工作。陈鼎跟蒋纬国关系好。一九四九年，两百万人涌进台湾，生活艰苦。蒋纬国每个月固定从自己私人账户划给陈鼎一百美元。那时国民党部队的薪水每月只有一银元。

陈鼎最后做了蒋介石的情报秘书。蒋介石谢世，又做了蒋经国的情报秘书。陈鼎的任务是每天将世界各地台湾情报部门特工收集的情报，整理成 16 开纸上报，交"总统"阅读。办公室与"总统"同在"总统府"二楼。

蒋介石对陈鼎印象好，说他"才智过人，桀骜难驯"。

一九五五年蒋介石送过一张自己的照片给他。右边写"陈鼎同志"，左边写"蒋中正，民国四十四年"。

陈鼎给"总统"写的报告没有被打回过。以前的人和级别更高的人常常被蒋先生打回重写。

十多年前，善增去台湾看望他。他有职业的谨慎。在台北街上，两兄弟用俄语交谈。

台湾的"国家安全局"局长对陈鼎说过，曾一度怀疑他通共。

他说"国安局"暗杀人要经"总统"批准。签字不是签本名，是个符号。歪歪扭扭的一个特殊符号。

他拥有特别通行证，一辆吉普车。任何时候可以见"总统"。即便是半夜，也畅通无阻。

他不喜欢李登辉和宋楚瑜，对小蒋的印象不如老蒋。

陈鼎写过一本有关台湾"国家安全局"的书。善增想看，他不肯，说只有系统内部的人才能看。善增憨厚，不再提。要是我，会偷出去复印，里面一定有可写的材料。

陈鼎现住台北内湖区内湖路 2 段 173 弄。

二〇〇五年十月十一日，那日重阳。陈鼎昼寝，梦老娘娘赠诗。醒后记得"种落台湾枝叶茂，寻根还在永嘉冲"两句。

写这文的资料除已声明的以外，深得善增的儿子陈珉帮助。陈珉是我所知的大陆定字辈的唯一一人。他是在新疆奎屯农 7 师出生的，小名"巴朗"，维吾尔语"男孩"的意思。我见过定字辈的另一人，陈善圻的儿子，年纪跟我差不多。名字已经忘了。一九五九年的事。长沙烈士公园的烈士塔还没拆脚手架。他缘脚手架攀到塔顶，选择了 9.8 米每二次方秒的加速度下来。

陈善圻是旧军队的团长。长沙解放时只身去了台湾。一九九八年善辉到台湾探亲，听陈鼎说，善圻原在台北，常有来往。善圻又娶了一个妻子，那女人原是王东原亲信李饮和的情妇。初到台湾时，李饮和奉王东原之命，筹集了黄金六斤，准备办什么机构。后来李饮和自杀，此女即带了这六斤黄金嫁了陈善圻。这事听起来不甚光彩。

陈为韩子女多。我记得陈为韩的大儿子陈善堪，小名桂桂。他们应该有定字辈的人在；还有善堉、善墀，可能也有后人。陈为韩还有两个女儿，长女名陈善芷，我叫她萍姐，现居云南楚雄。萍姐长女名李莉，在云南艺术学院电影电视学院任党总支书记。

在台湾，定字辈有三人。都是陈鼎的儿子。大儿子和小儿子在中华航空公司工作，二儿子做生意。这三人又有了必字辈、昌字辈子孙。他们迟早会听到我的老娘娘的故事。老娘娘或许还在。她的每一个子孙的命运，不过是她的尝试与探索。我们最终会发现，她不是什么。

他是我远祖的化现

去岳麓山，谒国民革命军七十三军抗日阵亡将士墓。这是我到长沙每次必做的事。墓在山腰，要登一百九十四级壁陡的石梯。这地方叫赫石坡，一九四九年后俗称鬼门关。这里是我认识的长沙。林木萧骚，清幽静穆。不过上世纪五十年代还有的战壕没有了。过清明不远，有人祭扫过，这从凋谢的鲜花和委顿的花圈看得出来。公墓明显经修整，不像从前破败。几十年洞开的存放骨灰的墓穴，重安了门并上了锁。墓前有政府稳当的十分谨慎的短文，纪念这里长眠的战士。是他们使长沙成为抗日战争中消灭日寇最多的英雄城市。站在这里俯瞰长沙，云气西来，湘江北去，优雅冲和的江城，如今俨然都市了。但我心里装的是从前书卷气与草莽豪情交融，调皮、诙谐而又胆气十足的长沙。我有两三岁时存留的记忆。记得我和妹妹一人坐一只箩筐被人挑着逃难，两只穿草鞋的大脚板不停地在泥泞中上上下下晃动。石头、小草、青蛙、蚱蜢，一闪而过。

在墓前，心中浮上一个人。一个军人。坐着。不知坐在什么地方。

好像是路边，又好像是在一家店铺的柜台前。或许，他是坐在史册的扉页上。他的左腿被子弹洞穿。他把白毛巾塞进腿肚子里，右手的食指使劲把毛巾从当面骨旁边顶出来。扯出毛巾，带出红肉里的碎弹片。他给伤口敷上白砂糖，用草绿色绑腿缠紧伤口。满头大汗，一声不吭。抽完一支烟拖着步枪走了。起身时他轻声说，"杀日本鬼子去"。长沙东边乡里口音。这人一定葬在这个公墓里。他从我记忆里站起来，屹立着。我承认他是我的祖先。是我远祖的化现。

对长沙会战牺牲的将士的纪念还有一处。在山顶的云麓宫。那里把烈士的名字刻在石栏杆上。不留神看不到。英名久经风雨，再过几十年或将荡然无存。

她是扎的马尾辫

走进荷花池的荷池新村，拥挤逼仄。找不回六十年前的开阔与清贫。我闭目冥思，开挖一座岁月的青冢，原先的居民便一个个如烟飘动。这些已经走出人间的人，除彭家外公住村口的红砖屋外，其他人是住的一字排开的板壁屋。家家有一张随便一脚踢得开的门。在女子师范学校征用荷池新村的土地之前，这排板壁屋前面好大一片空地。有几株不粗不细的树和几丛不同时节的花。这是小孩子跟人玩、跟虫玩、跟鸟玩、跟风玩、跟树跟石头玩的地方。从早玩到黑。妈妈不喊吃饭不落屋。不论寒冬盛夏，各有我们的味道。我们的世界大人不知晓。大人背负柴米油盐酱醋茶，他们不得安宁。大人活在三维物理空间，我们在不知多少维的心灵空间游戏。游戏，是我们的自在神通。除了玩，就是听妈妈讲故事。妈妈还教我认字、写字、做算术。妈妈尊重字。她说每一个字都有神守护。她不许我们拿字纸做污秽的事情，不许用字写污秽的语句，不许用字做见不得光的事。她有好几个故事说明字的可敬畏。

夏夜背一张竹铺子睡在坪里，猜哪一颗星是天上的自己。大人燃起艾叶薰蚊子，用蒲扇扑蚊子，我仰望星空，边听妈妈说故事。只要妈妈开口，妹妹和彭家的小妹，都不做其他游戏了。更有许多故事是炭盆边说的。曾经有过一盆炭火。把糍粑放在架着的火钳上烤熟吃，这是冬天给过的很好的回忆。还有，把黄草纸打湿包住鸡蛋，拿根白线缠起来，煨进炭盆的灰里；鸡蛋煨熟了，草纸烧成了灰，那根线不断。这是跟烤糍粑一样美好的事。白炭有烟头，用火钳拨火的时候要说："烟子烟，莫烟我。"妈妈不嫌重复地说："人要忠心，火要空心。"每遇炭火迸出火花就说有喜事来。要是有一个青衫湿了半截夹着一把油纸伞的远客叩门，我们将一致认为火星迸的就是他了。我记得已经远去的荷池新村的冬天。记得它的白净。厚厚的雪。屋檐上、树枝上闪亮的冰杆子。我从不以为冬景比春光逊色。冬景和春光比起来，多了些异见和另类。看你以怎样的襟抱迎接它了。我记得最早的冬天，也就记得最早的雀跃。冰雪有力量让小孩子不知苦楚。肿得包子一样的小手亡命堆雪人，捡来两片板栗壳做眼睛，插一根树枝到它手上打屁股用，拖妈妈来看"我做的爹爹"。爹爹离开好多年了。我或许体会到了没有爹爹的难。妈妈的难。

除了妈妈，彭家外公也有故事。彭家外公待我如大人，给我看他收藏的字画；跟我说字、说画、说文。他爱说曾、左、彭、胡，爱说钱南园、何绍基、八指头陀、齐白石。他说八指头陀字好诗好，给我看过手抄的《嚼梅吟稿》。"国仇未报老僧羞"，他说，"这是敬安的诗句，好一个热血沸腾的老和尚。"

彭家外公也有不侮慢字纸的信仰。这是长沙居民古老的惶悚。荷池新村的居民把字纸收集起来，送到稻谷仓的化字炉去，恭恭敬敬焚化。彭家外公说，风雨之夜，化字炉周遭有鬼哭。

荷池新村的女人只有蔡婶婶不是寡妇，她男人被关起了。男人只有冯九爹不是鳏夫，他女人失踪了。宋家外婆的女儿四十几，烫头发涂口红，人就不把她往好处想。街道办事处刘主任要彭家外公写封检举信。他不写。他说："我不做这号事。"这时候我已经去柑子园学徒弟好久了，礼拜天回来彭家外公跟我说的。已经说过了，他待我如大人。

小妹是彭家外公的外孙女，背驼。她虽是个小孩子，却有古典青春味。她是荷池新村最好看的人。她跟我妹妹好。我妹妹上学去，她就失了伴，小猫一样蹲一边看男孩子玩。有次她跟我办酒酒，我做老板，她做老板娘。她用树叶、小草、花瓣做出菜式和点心。慧心毕见。玩过这回后，她对我更好些。我跟弟陀打抱箍子架，她见我打不赢，帮我，小手在弟陀背上捶，死命拖弟陀。有天早晨她跑过来，对我说："我可以告诉你，我扎的是马尾辫。"这么一句空穴来风的话，害我记了几十年。

我从荷池新村的巷子里转出来，回到蔡锷北路，没想到会遇见小妹。她在原来玉春酱园隔壁开了一家小书店。店里一个顾客也没有。她坐众书之间静读。带着与生俱来的清香忧郁。我没跟她打招呼。她必定不认识我。站在店门外我看了她许久，慨叹相隔五十多年，她还是跟小时候一样清澈。理想一样坐在那里。一看就晓得，她活得干净。书店里灯光不太亮。没有留意她的发式。走开后，心中的她，是扎的马尾辫。

桃花灼灼

　　——纪念我的乳母万嫂

　　杨梅洲有些旧事，几十年了，许多事情朦胧幻化，搞不清是曾经有过的还是旧梦之残痕。

　　杨梅洲杨梅满野桃花满野，到处翠竹丛生庄园星布，疏疏落落于青山白水间。

　　随岸曲折一条极长的街。有些房屋半在岸上半在水上。麻石早存在寸许深车辙，坑坑洼洼的不及沙滩好走。

　　各式店铺无精打采，漫不经心做点生意。

　　都熟。宛如一家人。任去一家坐下来可聊到更深夜半。都喜欢围着一个四四方方的地灶聊天。那上面吊着鼎锅，随时可沏一杯热茶的。

　　这样一个小镇，能够预测未来的瞎子有好几家。他们各有师承各不相干地预言某人某户乃至整个杨梅洲的命运。自信没有不灵验的。他们满脸晦气又讳莫如深。他们的共同点是不喜欢心如死灰的人。那样的人不关心未来。

有一个人把什么事都当歌唱。就是那个打莲花闹的古陶。他一头青发乱草蓬松。并不真正唱歌，只是把要说的事编成莲花闹。

真正唱歌的是另一个人。一个地地道道的老人。老人而至于说地地道道，是因为杨梅洲不管年岁多大辈分多高的老人都承认他更老，遂老得有点祖宗味了。他坐临河的巨石上唱歌。像桃花仿佛没有谢过一样，他仿佛没有离开过那块大石头。歌的内容不像古陶的莲花闹日异一日。人们要十年或许更久才听得出他在唱一支新歌。他的歌，无时无刻不在缭绕。

人们更关注古陶。每逢赶场，他敲起竹板随行就市各投其好，一落溜道出叫人听了高兴的吉利话俏皮话。没有不甘心奉上一把山货一杯浊酒的。伙铺老板有时邀他醉个尽兴。这时他晕头转向出语怪诞，叫人听了心旷神怡。

忽又不见了。昨天还在热热闹闹的古陶不见了。杨梅洲便寂寞。所有人牵挂他。小孩子要晓得古陶么时候回来才肯扒饭。赶场的东张西望，因缺了他的谐谑少去许多笑脸。他们习惯了竹板敲出来的轻快的声音。

杨梅洲人失去了一样流行的东西时髦的东西，只有背负老人沉重的歌声了。

突然就回了。远远一个不法天不法地的云游四方的人一路快快活活。孩子们涌向沙滩。竹板敲得更精神。围着地灶的人笑起来："我就晓得他要回了。"

因为古陶回来，人们相信杨梅洲比世上哪块地方都更好。

杨梅洲有个年轻寡妇。她叫万嫂。万嫂头前男人姓万，是个纤夫。万嫂有一条船。她是杨梅洲唯一靠捕鱼为生的女人。她每天送鲜鱼来街上，径直丢进人家水缸里。人家不过秤，她报多少认多少。她不大笑。笑起来勉强。有人发现她家箱子里有许多鞋底。厚厚的男人穿着出远门的鞋底。她在街上出现的时候，跟古陶在街上出现的情形迥异。古陶的出现，人们觉得轻松。她的出现觉得沉重。

万嫂每夜睡得深沉。睡到深处，翻身起来，不需灯，猫一样什么都看见。在杨梅洲的夜里她是孤独的。万嫂梦里望着空濛濛远方。对岸平川上，水漫开一片沼泽。沼泽中便是汀洲。那里鸥鹭为盟花横草野。劳顿的渔人偶尔夜泊芦苇疏影，于月明星稀中烂醉如泥。梦里的夜不比夜里的梦逊色。奇幻而有弹性。虚无、强烈而又朦胧。它不确定，却充满光明。希望开放着。河面升起只有她才看见的蜃楼。梦之夜与夜之梦割不开彼此。执着追求与梦幻景象诱发奇异的力量。她熟练地跳上船，跟在阳光下一样准确。持篙轻轻一点，飘摇离岸直向汀洲划去。她下意识揣摩流速，在恰到好处的地方横舟过河，正好就到对面汀洲。一群野鸭子惊飞了。鹭鸶犹疑地走来走去。汀洲只有发腥的淤泥和一窝窝鸟蛋。带着利齿的蒿草被风吹得摇摆，割到脸上很痛。

只有综合理解一个人，才能接近于理解她的梦。杨梅洲没有这样的头脑。唱歌的老人和打莲花闹的古陶，或许有些懂得她。不过老人如同不存在，他太超然了。老人固执对杨梅洲的冷静，然后像历史那样叙述出来。

万嫂有闲的时候打鞋底，或许与她的梦有关。她什么时候开始梦无从知晓。想必在梦里见过许多沙滩上的大脚板印。为此经常糊衬壳。傍晚，她背回门板取下衬壳细细摸摸剪鞋样。套上铜色针顶子针针线线做厚底鞋。油灯幽暗，窗外虫鸣寥落。只有蛙鸣在山坳里躁动着夜空。她一针一线编织她的幻梦。她觉得有个人坐在大门口烧烟，看河上碧沉沉夜色。跟她一起听老人唱关于杨梅洲的歌子。她不敢去看那人。去看，就会如烟如雾。她很满足这样的感觉，专心灯下打鞋底。她晓得有个人跟她一起听歌。歌是从盘古唱起的。杨梅洲的大事一件件唱，正唱着一个纤夫惨死的事。她听着听着，流下些眼泪睡着了。门口那人进来过，不敢给她温存飘然离去。桐油渐渐烧干，灯草一亮之后熄成灰烬。有什么惊动她。不知什么因素使她从这种状态进入那种状态。她翻身起来，星光灿烂。在她的梦天下没有黑暗。

她在梦里不知道夜。走到街上她被惊呆了。杨梅洲好比瘟疫后的死城，一个人也没有，一点生气也没有。她吓得一脸惨白。天暗下来，一切都虚幻不可捕捉。刚才世界还充满光明，刹那间不在了。街上静悄悄空荡荡，关门闭户阒无人迹。卖糖菩萨的，炸油粑粑的，卖桃、卖李、卖姜汁坨的，一个个不见了。留着两绺八字胡须的瞎子先生，也像世上没事再可预言销声匿迹。她撑持起来挨家挨户辨认，不相信被热血温暖的镇子一下子会消亡。她以为走错了地方，到了一个陌生的集镇。但是刻有"湖湘桃源"的大石碑告诉她，这里确实是杨梅洲。每一块店铺的招牌，每一个墙角的碑记，无情证实她的故乡是空空荡荡的了。找不到染坊里壮实的伙计，找不到米铺里滚圆的老板。抬头看天，太阳不知去向。满街飞舞的蝴蝶变成了鞭炮残骸。所有人都离开了。或是一场灾变死绝了。只是一座纸扎的小镇，就等狂风来卷走它。面对杨梅洲的毁灭她无心独善。悬崖就在东边，从那里跳下可以死得干脆。不能跳进水里，跳进水里那是怎么也死不了的。她朝东边走。

这时候有一条狗，它从黑暗中走来。轻盈的步伐不像见识过灾难。狗走近她，扔下一件东西走开去。她捡起那东西看，是一只旧布鞋。想必哪里是有一具尸首了。她提鞋满街找，找到屋檐下歪歪斜斜的古陶。终于看见一个人了，一个熟悉的家乡人。她去他心口上摸。确定了不是一个死人。她俯下身去接触他的呼吸，小心抚摩他软和的皮肤。她想，只要有他，有这么一个哪怕是幻相的存在，有这么一点温热一点搏动，杨梅洲就没有彻底沉沦。她守候着，警觉地看着酣睡的人。

你这人兽神杂处的地方 | 115

那狗又来叼鞋，她拿过鞋来垫到屁股底下。狗被她摸得舒服地蹲下来。对面窗棂上皮纸在风中啪啪响，一只蟾蜍在阳沟边爬得艰难。面对这般荒凉景象，在梦中她萌发出一个念头。她要跟这个男人生一千个娃儿。

幸亏她在梦中做了这个梦，不然她会死在那个梦中。她在梦中梦见，生下了一个娃，白白胖胖。这娃儿见风长，转眼成大人。又生下一个，一个接一个，一下子有了一大群子孙。古陶教他们捕鱼耕田，教他们各式各样手艺。很快有了农夫、渔夫、纤夫、轿夫、石匠、篾匠、木匠和生意人了。杨梅洲又热气腾腾。她欣赏她的故乡。繁荣的杨梅洲呀！我的大儿子一百岁了，他的胡须白得跟蚕丝一样。她偏着头安详地笑，拖着疲惫的身子回家。粉红色的白色的花朵出落于溪头陌上，送来贴心的香气一路伴随她。

黎明时分，脆哑一声鸡叫，接着有鸡远处应和。一声刚落，一声又起，远远近近叫起来。一声又一声的充满生机，劲奋踏实，头脑被啼唤得清醒了。推窗望去，杨梅洲浴在乳汁一样的晨光中。瓦屋浮上微微摇曳的炊烟，笼罩远峰的山岚悄悄消隐。她有些憔悴。仿佛做过一场劳神的梦。仿佛遭逢过非常之变易。又仿佛，做了一件只有女娲娘娘才能做得的事情。吹来一口风，乌黑头发随风扬起。她的眼睛明亮得如花瓣上欲滴的晨露。码头那边上岸一船人。一个个背篓里驮着山货。他们一步一步很沉很实地踏上石级。有个大包头老汉肩两根长竹竿，上面挂一串上好大鸡笼。都是赶过远远的路的了。他们是在雾没散的时候动的身。三五个人站岸边打闲讲，议着一天的事。店铺正开板子，亲热地向稀稀拉拉来街上的第一批山民点头致意。杨梅洲光芒四射，硬是蜕下一层灰黯变得五彩斑斓。她深深呼吸，挑一担水桶去河边。

不期遇见古陶。古陶靠一块石头看人收拾渔网，以至没看到挑水的万嫂。他专心欣赏河山。这时的古陶不像流浪汉。仪容举止闪耀着与山河契合的虚融。他随时葆有默默的宽宏的优越。他从来认为杨梅洲最好，往往恰到好处泊一叶扁舟起两行归雁。汀洲的苇草摆起来，远远看去像柔软的羽毛。

　　万嫂见他时一愣。认出这个很是久远的人。曾在哪个梦中相逢又在哪个梦中失散。这个人是跟某种牢固的牵系联结着的。这是一个与她的大追求有关的人。她觉得古陶云雾般弥漫开，包围她覆盖她。迷离恍惚似梦非梦。她找不到根据，却有暖流渗透全身。她挑满一担水，晃晃地溅湿裤脚。渔夫看得笑。

　　渔夫邀古陶喝酒。渔夫说，今夜去河那边喝酒哎？古陶兴致好，说要鳜鱼下酒，纵身跳到船上去。渔夫从容解缆，微笑着驶向烟波。万嫂回头看去，古陶不吝啬给人快乐的嘴唇令她着迷。不论他是坐着、躺着，都是一副随时准备行走的姿态，这不但令她着迷还令她崇拜。古陶岸然立定船头，更是高大极了。

　　酒滚下喉咙，辣辣地渗进梦的成分。古陶一只脚压在渔夫肚子上，面向莽莽苍空。天在摆动。无数不解之谜闪烁。他想唱歌。想大声唱。但夜空太廓大，会连回声都没有。他若有所失爬到火锅边啃鳜鱼头。渔夫哎哟哎哟翻身。古陶问还有几多酒。渔夫说，我看见风，风了。芦苇不是在摆摆摆么。扑扑起一群野鸭，骚动得呼呼的静谧。瞌睡的鹭鸶收起一只脚来。一阵风。又一阵风。乌篷船随即摆了摆。他问渔夫，你见过水妖么？渔夫糊笼咕噜后鼻息如雷。他觉得百无聊赖，扣舷哼起小调。又觉不过瘾。在这寥廓江天，合该大吼三声。他便扯开嗓子站在船头打哦嗬。万嫂因而来了。

她听见了呼喊。相信是对她的呼唤。她撑过来。见到一条船。船头站着一个人。怎么也看不清面目。她犹豫接近这个人。古陶准备着回答。他料她有什么事情要问他。她没问。原想问。原有一件什么事情要问人。一下子怔住了。忘了。记不得是什么事情了。好像什么事也没有。好像是有一件记不起的不该记不起的事。刚才还记得，正欲启齿就忘了。忘得这样干净。一点脉都摸不到了。她盘桓。不敢贸然离去。撑着船绕那满溢酒香的船转了一遭。她希望有什么东西，能点醒她所遗忘的。终究没有想起来。她带着微微怅惘走开了。古陶看得痴。见她风一样清虚，慌忙举篙追上。他向她的船头跟跄一跳，把醉去的渔夫留在沧浪里。小船几乎侧翻。万嫂用力插篙定住，待古陶坐稳才穿进芦苇丛里。到水深的地方她收拾竹篙荡两叶轻轻桨，低低荡出哗啦哗啦水声。河面浮悬着团团泡沫，在月光下跟云朵一样，时而苍狗时而苍狗之外的什么。船在一条惯熟的路线上向上游划去。他们听得见的是桨声，和河心几乎听不见的涛声。

　　古陶头枕船舷。闻见杨梅洲送来的花香。万嫂用罾捞泡沫。捞了半天什么也没有。他看得离奇，心疑莫是遇上水妖了。他站起来看她。她也看他。弄得船晃荡。她坐下来任船在波心摇，思忖这人何所从来。模糊记得有一条船，有召唤引她去那里。她又想起，确实感知过触摸过生死攸关的东西，就是不知是什么了。万千头绪虫子一样蠕动，意乱心烦。可能找到的线索只有眼前这个人。这人身影好熟，梦见过千百回了。他的再现，循着梦的原理有多种涵义。就是把握不住确定不了。她试图过去碰碰这个人，好搞清楚究竟是幻影还是实体。他背着月光，形影千变万化。她的眼睛发胀，视觉模糊。这人的来历她放心不下，定要看清到底是谁。莫是眼花了。这应该是一个有常的形体。

她预感此刻可能找到要找的东西。不可测度的未来就在面前，距离不过咫尺。她记起来遭过一次强烈震撼，就在那一击之后搞糊涂了。那次冲击怎样发生的无从追忆，反正那之后精神转蓬一样飘摇。她记取母亲的坟。坟地上有许多心安理得的毛糙厚钝得杵头杵脑的碑。母亲在那里休息，把没做完的无穷尽的事移交给了她。又想起有那么一夜，原始的开天辟地的剧痛迫使她紧紧搂住一个人。那个人是谁？想不起来了。然而女人崇高的经历使她充实而满足。有那么一天，她失去了一切。又有那么一天，发现不是什么都不属于她。最最关情的仍然在她心底在她脚下。曾经痛心疾首过。不是为已经失去的。是为唯恐失去的。是为原先没有认识，却存在于血液之中的，在猛然一击之后恍然大悟的，现在还没有完全理性化的东西。她要掌握住它，要搞清楚是怎样的情感。那是跟血一样的，虽然不去理会却在不息地流动着支持生命。她紧紧盯着他。月光下，他是一团不定的轻烟。船被桨叶荡着转了一个圈，月光照向他的脸。古陶有些明白了，顽童一样横亘船上。"这很好"，他闭上眼睛这样想。只愿如此摇到老去。他梦见水妖踏波而来，捧上一坛好酒，永远饮用不完。

直等到古陶完全睡着了她才蹲过来仔细端详，认出这就是屋檐下曾见的醉人。刻在脑际的那一次，对她来说是一部长长的历史。很久以前有过一场灾难，杨梅洲空了，人都失踪了，留在这里没有迷失的只有她跟他。他就是那个在她快要分裂的时候使她保持平衡的人。是他使她再生。她想起来很多事，川流不息绵绵不绝。她激动得大声叫起来。我们的子孙呀，千秋万代了。声音沿河面传开很远，回荡在汀洲与杨梅洲的上空。她回想起来了，是他们两个，繁衍生殖了今日杨梅洲。多少年了。多少代了。

飘过来老人的歌，贴近水面就要沉下去。她静静听着，牵挂她的子孙了。

她准备回去，站起来把桨。看着睡去的古陶，居高临下地笑。好顽皮的祖先啊，一世不得老大。她扶他坐起，古陶软绵绵醉酥了骨头。

古陶醒来时船正进入汹涌急流。船被抛举，起落丈余。万嫂在波涛中高傲的蔑视狂妄到极点。这是一个被阳光浸透同时又被夜竭尽温柔地培育过的女人。古陶震惊万嫂光彩四溢的梦之奔突。大声铿锵的江河的咆哮，不知是天地的声音还是她胸中的声音。

上岸后古陶被万嫂拉着走向杨梅洲。她急于回到她的子孙中间去。古陶没有限制她，也知道不能限制。她肯定被一个永久的无从化解的渴望驱使，悖乱行为有优美旋律伴随。

踏上狭长麻石街。她经验到灾难的重复。房屋笼罩着死灭的黑幕。一堵无形的墙把她围在死寂里。上次灾变后剩一条狗。狗也不见了。她绝望。顾不上古陶。古陶跟在她后头奔跑，见她从丈多高的陡崖跳到沙滩上。山谷那边吹过来一阵风。送来从容嘶哑的歌。她为之一振，直向那尊巨石跑。她迫不及待地从没人攀缘过的临河一面，爬上那块大石头。没想会见不到老人。老人在更高处。古陶气喘吁吁赶过来，小心翼翼告诉她，万嫂啊，这是夜，不是白昼。古陶说，你看，那是月亮。看那些星子。都睡了。睡熟了。我带你去听他们打鼾。

古陶要唤醒她，把她带到山神庙里去。他要用神的玩具警醒她梦的荒唐。古陶像哄小孩一样哄她走过好远的路。万嫂跟着古陶走，发现自己是有人温存有人恋，是个有撒娇的权利的女人了。她的梦跟着这个人，变得炫耀，变得更加扩散。山花跟她一样，是在梦里开放的。浓烈花香雾罩杨梅洲。她边走边打量古陶。这是一个经受过杨梅洲所有风寒的人。是一个既不酸腐也不低俗的，正好可以带她一起过日子的人。星星公开了谜底，闪得晶晶亮。

推开庙门时吱呀一响。好大的殿堂。平整的青砖地。桶粗的木柱顶住梁。有许多神。山林的神。她坐到神的脚下。这位置在燃起蜡炬之先她已看见了。她拖过来蒲团坐，再拖一个放身边。古陶没去坐。古陶要玩给她听。

古陶手脚并用，东蹦西跳。所有的神器发出悦耳的声音。这音乐激越缠绵空明刚劲。她见一个人在雾霭迷蒙中推开槿花编织的柴扉。

古陶原想把她从梦里拖出来。一路走来，反倒被她的梦魅惑，不可抗御地臣服于她。音乐使她的幻象无可救药地发展。充满同情和阳光的乐音展开无际涯的桃花树和红殷殷的杨梅果。洪钟带着血的热量裹挟她，以不可抑制的恣形意态向她冲来。古陶全然不顾沉睡中的杨梅洲，他更需要配合一个美丽深远的梦。

她抱住他。跟山花一样。她已准备好开放。在还是含苞欲放之前，花香其实已充满殿堂。古陶大汗淋漓，知道于她是无能为力的了。她的搂抱那样有力。古陶去身后握住她的手，就像酩酊醉去一样，翩翩进入她的梦天。

庙门被隆重推开。涌进诚惶诚恐的杨梅洲人。钟磬声把他们惊醒，一个个持着火把香烛从四面八方赶来礼拜。殿堂内烟雾云绕，闪烁的烛焰忽明忽暗。整个庙宇彻底被生命感动。再没有沉默、神秘和空虚。杨梅洲人看见两个裸体的神。他们头回亲眼见到了神的浪漫。

遍野火光。人络绎不绝。庙门前的山坡上跪满刚从睡梦中回来的人。一个瞎子跌跌撞撞挤到人群前头，竟也高举松膏做的火炬。

只有一个人没有来。他坐石头上唱歌。正唱着一个流浪汉和一个梦游女人的故事。

第三辑

熬过了的青春

　　在很长的时间里郑玲没有相对安定的居所。这段时间实在太长，以至她没有保存旧物的能力。她甚至拿不出自己青少年时期的照片来。关于她的青年时期，只有去记忆中搜寻一鳞半爪。

　　郑玲记得起的最早与诗有关的事，是一种叫《黎明的林子》的，没有封面的，用很黄的纸印刷的诗刊。后来这小小的刊物更名为《诗垦地》。当时她读初中一年级。这时候已经喜欢读文学方面的书了。她爱读文艺复兴时期的书籍以及文学大师们的传记。她自己回忆说，虽然年纪小，居然有些懂。这一切启发了她的追求。放学后，她常徘徊在重庆北碚黄桷树的那间小土屋附近。那里住着编辑《诗垦地》的绿原、邹荻帆、曾卓等诗人。郑玲终生崇仰这几位诗人。她最早的诗作《我想飞》是这时候写的。老师帮她发表在《江津日报》。后来随同一群进步青年"飞"到湖南，参加了中国人民解放军湘南游击队。少不了餐风宿露。少不了光着脚板作几十里路的夜行军。她在游击队政治部做些迎接解放的宣传鼓动工作。以她的性别和年龄（小妹子），接受过进城监视敌人动静的任务。那时地下武装保护过一些文化人，她奉命陪伴过女作家白薇。这个时候精神上充实、亢奋，是她青年时期很美好的时光。这"美好"与艰辛、紧张、危险联系着。

解放后郑玲先后在长沙市工人文工团和湖南省人民出版社工作。有条件读大量的书。她深受俄罗斯文学影响。爱读普希金、屠格涅夫、托尔斯泰、赫尔岑。这些作品中的养分，成了她本质性格的培养基。她基本是不屈的、牺牲的、悲剧的。新中国成立之初，人人热情洋溢，忘我地工作、创造和歌颂。关于明天，想到的只有幸福与辉煌。她开始了诗创作。《长江文艺》是她经常发表习作的地方。她在《人民文学》发表过歌颂社会主义建设的《长江大桥诗二首》。不久就被打成反党反社会主义的"右派分子"。这是郑玲青年时期发生过的最痛苦的事。她在斗争批判她的万人大会上，抢过大会主持人手中的话筒呐喊："你们扯谎！扯谎！"

从此她失去了工作。什么都没有了。都被剥夺了。正当她的青春年华。

流落到社会上之后，她认识了我。我们都在教夜校。在一个工厂的大专班教书。她教中文我教数学分析。后来挑土挑泥沙。后来到乡下去了。我们一起坐监一起流浪。在旅途上，在风雨中，在车站的角落里，在临时驻足的农家茅舍，我们靠背诵诗文和讲名著故事御寒充饥。最终在湖南省江永县的大山里落户。收成最丰的年头，两个人一年劳动的收入不过一百元。白天我们劳动兼接受批斗，晚上围坐地灶边，煨红薯、烤苞谷。有时她朗诵新作，朗诵完了付之丙丁。

这已经是在灾难中了。但在灾难中过习惯了也就不觉得是灾难，它变成了平常日子。在这样的平常日子里再有灾难临头，是更深一层的苦痛。"文革"中，我被投入铁窗，她独自生活在黑暗中。两人共处的黑暗是光明，一人独处的黑暗，便是黑暗中的黑暗。后来我获释回到她身边，她说那种感觉像一九四九年全国解放一样兴奋；像在伸手不见五指的黑暗中划亮了一根火柴，那就是光明。

郑玲熬了几十年，终于把青年时期熬过去了。此后又不知经历了多少波折，到了她早已不是青年的时期才重新发表作品。我见过台湾诗人王禄松这样说郑玲的诗："非经大思考、经大灾劫、茹大苦痛者，焉能臻此。"我很佩服王禄松先生仅凭诗文而知人之深。

郑玲长期生活在不容易自由选择美学立场的年代。在她漫长的创作生涯中，她坚持了自己的立场，从不谄媚任何文化势力。在有六十年创作历史的诗人中，这种蓝天纯净是不多见的。她的作品忠实而丰富地表现了自己的心灵世界。从她优雅、华丽、有时又是悲壮的诗篇中，我们发现郑玲本身是一个痛苦与奋斗的故事。她的成就应归功于她多次幸运的失败。

你这人兽神杂处的地方

我们被安插在张家村

张家村的房屋是十九世纪清宣宗时期的青砖青瓦。从建筑看，他们原本富庶过，不像穷地方的茅草屋顶泥巴墙。再往山里走几里路的一个更小的村子叫香花井的是外来户。他们底子薄，就是一色的竹篱茅舍。

这里依山盖的屋有高有低又连成一体，远远望去，像是古堡。房屋都是两层。第一层只有门没有窗。第二层的所谓窗，不过三寸宽一尺半高的一条缝。说是窗不如说是枪眼。屋内这就昏沉沉。长毛闹事那时候，有一个类似太平天国的农民政权，也叫什么天国的在隔山的广西灌阳县。可见建这村落时天下不太平。有理由推断，那样小的窗确实是战备的需要；现在山上还找得到残存的引人遐想的堡垒。不过我们住的房子好。楼上有一个六十厘米宽、五十厘米高的窗。窗扇是两块木板。窗外俯临盐长家牛栏。牛栏的茅草顶要齐到这窗了。

我们把有这窗的房做卧室。窗外竹林劲翠。几株古樟复荫了俨然是我家后院的铺了厚厚一层笋壳叶的平地。那头是石山。石头缝里生出野兰、百合和各式各样坚韧的杂木。满山石锋如劈斧。古藤虬蟠千仞，怪石张牙舞爪，不是城市林园所能望的气象。

回想起来，这辈子住过的最好的房子在张家村。对于张家村来说，接纳我们是政治任务。相信带队的长沙市北区的唐副区长交代了要优待我们。不然，没得这好。占地近百平方米的两层楼；堂屋宽敞，独进独出。大门口还有一片空地。是土改时没收的地主的屋。一直空在那里。

随上山下乡青年一起来江永县后，起先跟周正初等几十个青年一起分配在允山区的井边公社井边大队。作为带队领导的唐副区长，有责任保证纯洁青年的思想不被污染，需要把我们隔离开。在他倒也不是对我们歧视。这就和县里商量，把我们安插在算是富裕，但买一盒火柴也要花一个工的张家村。

当然跟郑玲的"右派"身份有关系。但我心里有底，即算郑玲不是"右派"，我们也会要被隔离。因为，虽说我也年轻，遇事遇人冲动且不顾后果，却总是给人老谋深算、心怀叵测的印象。现在距离上世纪六十年代初已过去四十多年，许多经历让我深信，我的冷硬外貌粗拙言词极不利人际交往。我内心是卑微的，胆小甚而至于懦弱，偏偏长出一副傲慢、清高、瞧不起人的样子。这模样在那时候，容易被理解为不屑当世。无疑就是异见分子了。到了太平盛世，无论是为了升官为了发财还是为了出名想要巴结一些人，总是巴结不上。人家不是觉得这家伙老谋深算、心怀叵测，就是认为我瞧不起他们。其实我唯恐人瞧不起我，有些畏葸罢了。

江永县的村庄多数依傍一座石山。村庄依傍的石山选得好，村子就兴旺发达。那山便叫靠山。可以想象他们的祖先来这里立命，为选靠山定有许多好听的故事。本村的人被毒虫毒蛇咬了救命，伤风了遭瘴气了找药，都要到靠山上去。山里人离不开一根弹性、韧性好的扁担，做扁担的杂木也是去自家靠山上找。靠山是风水、是派头、是底气，是一村人的精神支柱。砍柴火断不许上靠山的。靠山都被精心护理得钟灵毓秀。如果去湖南省的江永县旅游，会看见许多拔地而起的石山。山与山之间是田土。当你远远看见一座石山如诗如画地生动，那么可以肯定，那座山脚下，必有一座村子了。不过张家村在山里，不在都庞岭开阔的盆地内。我们刚到张家村，面对天光海浪般摇荡，和玄机无处不在的鸟语渲染，以为能躲开仓皇的山外生活，许我们尝试一下耕牧渔猎的逸民野趣了。

盐长他们视我们是山了

　　刚来之初村干部不喜欢我们。用他们的话说是多两个人吃饭"扯薄了被窝"。在我们也下地也上山后，他们亲近些了。劳动，共同的劳动，能使人亲近。

　　他们更喜欢郑玲。郑玲只有六分工一天。她插秧、摘棉花、收落花豆这些农活，做得不比十分工一天的主劳力差。我就不行，我虽是八分工的劳力，做起事来不及五分工一天的小孩子。尤其怕插秧怕割青，还怕挑石灰。插秧我腰痛，时不时要伸直腰来鹤立鸡群。割青分不清哪些树叶能沤作肥料，半天割不满一担。挑石灰更惨，随便放两块不起眼的石头到粪箕里，就是百多斤。村干部心中有数，生产队在郑玲那里占了便宜在我这里吃了亏，所以对我们两人冷热很明显。

　　不过在张家村，郑玲无名无姓。张家村没有郑玲这个人。那里只有"小陈嫂"。

一段时间后，跟我们真有友谊的是几个"成分高"的青年人。

在张家村的十四户中，贫农六户，下中农两户，一户地主一户富农，还有三户"地富子女"。我们是第十四户，不好划归哪一类。公社武装部长谭石蛟有次上山来视察工作，跟民兵排长九斤说，"他们是监督劳动户"。谭石蛟是个喜欢咬文嚼字的家伙，他特别强调监督劳动户就是"交由贫下中农监督劳动户"。谭石蛟这些话是在门间上当我面说的。其时还有几个人在门间两边的长凳上吐气。他有警告我的意思。他对能当着我的面说出这些话十分满足。有本事凌辱人的得意，在他教条充斥的脸上，阴阴地露出来。幸好他走了就走了。幸好他一年难得来一回。

谭石蛟如此这般宣布了我们的身份，反倒给我们带来了朋友。

张盐长、张土质知道我和郑玲不比他们优越了，晚上勤来我们家里扯白话。

盐长虽是地富子女，但不在那三户之中。他没有独立门户。他生父在土改时去世。娘老改嫁一个厚道的贫农。姓熊，我们称呼熊伯伯。我们称呼盐长的母亲"伯娘"。伯娘年纪并不大，四十多一点。不过她样子老，我们错认她有五六十了。土质沉默，是个孤儿，从没听说过关于他的爷老娘老的事。我们通常围坐地灶边，一边拨火一边聊天。地灶上悬一根从高头垂下的可以升降的铁钩，煮粥、烧水的鼎锅挂在铁钩上。端子从鼎锅里舀出勃勃开的水来，分到每人的大碗里，情趣跟今天露天酒吧喝啤酒差不多。他们说着山的故事。郑玲听得最有味。他们的故事不同于我们说的螺蛳姑娘狼外婆。虽然跟我们的螺蛳姑娘狼外婆一样是故事，却是山中过去有过的或眼下正有的事。

有了他们两个做朋友，我们就快些进入到山了。早上打开大门，锈黑的门环上会挂着几只泥蛙、几条泥鳅。有时是一棵大白菜。原来山是有心的，富于情义的。

我对语言有些兴趣，曾问过山外一位老先生"江永有多少种土话"。回答是"不过十几万人，土话有二十三种"。住久了，觉得不止这数。很多说法隔一个村子都不同。在张家村，"山"有"我们"的意思。再过些日子，盐长他们视我们是山了。

我们当然不过是天涯沦落人。郑玲用诗捏成的心灵，把这个仿佛异域的地方变得有希望。她在这个地方不如我苦。她跟容头香有许多话说。在地里，在山上，看得到郑玲就看得到头香。头香带她扯猪草、捡干柴、撬野葛苗。头香说过，"小陈嫂，只要有我，在山里头你什么都不用怕"。

她被小黄鸟引到远处的土岭上去

头香是瑶山上下来的人。很不错的猎人。一位漂亮的女猎手。她跟土质结婚后专心务农不再打猎。她娘家在山之巅。据说只一栋空屋。那是什么地方土质也说不上。

听土质说起过，他在山上狩猎见过香花精。"乖死啊，风一样！"他们凡说感觉得到又看不见摸不着的事物，就说"风一样"。

香花就是桂花。山里有数不清的桂花树。张家村村口古井边的四株桂花树，株株桶粗屋高。到了秋季，无论上山下地都闻得到甜甜的香气。这里的桂花花期长流蜜期也长。就是花谢了，花香还留在魂魄里。满山香气年复一年地把山民熏习得梦幻。

郑玲在被兽铗夹住时见到香花精了。

那天郑玲腰前攮一把钩刀腰后系一个扁筥一早去山上捡柴火。小小的干树枝本在村子近处的石山上就有的，她却被一只漂亮的小黄鸟，引到远处的土岭上去。她被好像是为她而飞翔的小鸟诱惑。

鸟在前头忽上忽下地飞，有时回过头来近在眉睫边扑翅，还吱吱叫。她哪经得起吉祥的引导。她跟着那只耀眼的小黄鸟走。这天正值雨后新晴。是山中轻快明朗的时刻。无论是晨光幻彩还是微风的清香，都助小鸟的飞翔具有神的召唤力。她跟随友好的、调皮的黄鸟，一步步上山。不知不觉走进云里了。还在云下时，她已觉双脚沉重。早想坐下休息。进入云后，小鸟似乎知道她的疲顿，在一块巨大的青石上停下来。她想，必定是慈悲的神，不然，哪能这体贴。她坐在巨石下，看着高山好水中的鱼。鱼有一寸二寸，似一群快活的儿童。它们无忧虑无顾忌地嬉戏，向人示范某种生存方式。清浅中的游弋体悟出启示来了，这又使她着迷了。她忘记了鸟的等候，神游于鱼的翱翔。这样的沉浸不知有多久，到她想起小鸟了，那可能带来好运的小黄鸟已经不知去向。那是希望的东西，漂亮的小鸟，不见了。本来有伴的，现在唯剩孤单。飞翔着的希望，这就无影无踪了。希望的任一种破灭，都会使人迷惘。任一种希望的破灭，哪怕是极为荒谬的希望的破灭，都会一时使人迷惘。她无心再做什么事情。或许记不得今天为什么出门的了。

她走进一条由野兽踏出的小径，循着啼鸣声寻觅。曾站在一处峻壁顶端瞭望过，唯见云霞明艳蓝天如镜。在这视野辽阔的地方她站了很久很久。再见不到那只小黄鸟了。当白云打开，这里居然看得到张家村。从张家村到这山脚，一条鹅卵石铺的褐青的苞谷路，在两株高大的桂花树下中断。连接着苞谷路的是阳光下白色的羊肠小道。虽然分不清谁是谁，田野上村民模糊的蠕动看得清楚；还有几个七八岁的"落地诗"（小孩子）在路旁草地上养牛。张家村不兴烟囱。整个江永县都没有烟囱。炊烟透过瓦缝形成蓝色雾罩在村庄上空缓缓浮动。这就知道每家的屋顶下面有一个女子正在向地灶添柴火，慢悠悠地搅动鼎锅里的铜禾米粥。她们存心自己的粥，比上屋的大嫂，也比下屋的大嫂，熬得好些。她们已经把塔子里又酸又咸的泡菜，夹出来摆到碟子里了。就等出工的人回来了。郑玲忘记了自己异乡异客的身份，在大山里重建生活的愿望，如一弯七彩虹霓升起来。她祈求力量，祈求奇迹，祈求引导她的小黄鸟帮她。这便走进了鸟鸣声最为热烈的山窝里。小黄鸟一定在它们中间。

这里有千百只鸟，都有华丽羽毛。由鸟唱出主题的，由风、由叶、由小草还有虫和兽展开的大协奏正在云上演出。丰富得不可揣测的音与色的缠绕，把美解释得通天彻地。她坐在树蔸上，很安静。她是一位很有修养的听众了。她找不出来哪一场音乐会比这更好。这不会是现代派。太优美。不允许人哪怕一眨眼地想到挑剔。这是自然本身的，这本身就是自然的，并非反映自然描述自然的作品，出其不意的令人愉悦的惊诧，再憔悴的心灵也不得不苏生。这必定是山的灵感了。她知道山的灵感和人的神来之笔一样不可再现。于是抓紧沉醉。她把什么都抛弃了，直到忽然看到一行行诗句才站起来。她站起来。想换一种姿势接受从稀罕的邂逅中走出的字。

地下伸出的利爪

大概在她想写的时候，大概在她准备用捕捉到的文字，做一件文字本来无能为力的事情的时候，从地下伸出一只大手来抓住了她的脚。那是从地下猛地伸出的利爪。立刻痛，立刻就恐慌了。闪念间脑海涌现出古斯塔夫·多雷为《神曲》作的一幅幅插图。她应该喊叫过。山窝里的鸟被她的叫喊惊飞。刚有的希望，包括音乐，包括诗，烟消云散。怪物的利爪带着死的威胁啮入皮肉。她不认识那是什么东西。置身天国的感觉被绝望和无助取代。

她还来不及产生更惶恐的念头，一位年轻女子已蹲在眼前。郑玲认为那是从绝顶飞到身边的救星。这个人是容头香。

头香大声警告她不要挣扎，铁铗越动越紧。铁铗解开后，头香说，还好，是小兽铗。是夹野猫、果子狸的。要是踩到夹野猪的铗子，脚就废了。头香撕下衣襟下摆，敷上嚼烂的接骨草包扎好。她安慰说，骨头没事，接骨草能止痛止血。

头香背着她。一手提着伤了人的铁铗。头香告诉她一条山里的规矩，兽铗夹到人，夹到哪个归哪个，这铗子是你的了。下山后，郑玲伏在头香背上闻到浓郁的桂花香气。她想，这是土质说过的香花精了。山里没有上帝没有佛，只有满山活蹦乱跳的史前精怪。落魄的诗人不后悔脚在滴血，她庆幸山里的奇遇。郑玲以为背着她的陌生女子不是凡人。

回村就清楚了，那铁铗是盐长放的。我们想都没有想过要没收他家的东西。莫说盐长跟我们好；就是真的扣下来，也不懂得怎么用。打猎并不是好耍的营生。辛苦且不说，还要大学问。

我把兽铗送到盐长家里，这事让盐长一家感动得不得了；其他人也都觉得不可思议。在他们看来，那是一笔值得计较的财富。究竟是一笔怎样的财富，可以用我们一年的收入说明白。张家村是富裕村，多数年份一个工值五角钱上下；山外许多村子一个工只有两毛钱甚至八分的。我是八分工，郑玲六分工。我们两个人出一个满工，一天的收入七角钱左右。并不天天有工出。有些工我们还做不了。收成最好的那年，我们两个人年终结算的收入是一百零三元。

这天夜晚，堂屋里挤满了人。熊伯伯、伯娘、盐长、土质更是夜深才走。依他们的看法，脚伤会很快地好。

头香留下来，她陪着郑玲。土质送来两捆焦干的稻草，铺在楼板上给头香睡。头香笑眯眯说今夜睡金丝床。土质一旁久久正视头香，傻傻的树蔸巴一样。

自然地，土质、盐长成了头香的好朋友。他们都一样是后生，彼此容易把对方看透。

从此容头香隔不两天会来，带来各种奇异草药。她见郑玲的脚红肿得厉害，向山唱歌献媚山灵。她唱得久，听不懂唱什么。

小陈嫂脚没好，又染上寒毛疔了

我和郑玲天天盼头香来。盐长、土质也盼头香来。她的出现，大家都快乐。头香成了张家村常见到的人。她有点像是张家村的人了。村庄的本能分辨得出她是山的人。

热情待人是张家村的性格，莫说头香长得乖，莫说她是为救人来村里的。就是随便一个从张家村经过的路人，他们都招呼，都接待，有些就成了朋友。他们口语中"请进屋吃午饭"出现频率最高。有人从村口过或与生人相遇阡陌间，他们都会说"请进屋吃午饭"，那发音是"纳屋咽晡"。不是假客套。只要那人"纳屋"（进屋），一定待如上宾。睡在戏台上的哑婆婆，就是伯娘香花树下一声"纳屋咽晡"留下的。不知为什么哑婆婆"咽晡"（吃午饭）后又"咽月"（吃晚饭），"咽月"后，天光又"咽黎"（吃早饭）。哑婆婆留得久，后来吃供饭，一家家轮。他们一般不问人来历。

过了半月郑玲不单是脚痛脚肿，还发烧畏寒滴水不沾。我已六神无主。干着急。什么是束手无策走投无路我算领教了。好在不多久我也知道了什么是绝处逢生。

郑玲的病情传到伯娘耳朵里。伯娘赶来为郑玲把脉。

伯娘说，小陈嫂脚没好，又染上寒毛疔了。她指挥盐长去我家大门门槛下刮一层千脚泥，自己回家取米汤。伯娘用米汤调和黑色的千脚泥，做成一个鸡蛋大的泥团去郑玲心口上揉。我和盐长土质在楼下堂屋里等。头香在楼上帮忙。很久以后，头香下楼来说："小陈哥，小陈嫂醒了。你可上楼看看了。"我跑上楼，看见伯娘对着窗口，小心翼翼从千脚泥蛋中，抽出一根一头白一头黑的长毛。伯娘说，好了好了。拈那根寒毛我看。

郑玲退了烧人也清醒了。开口要水喝。

盐长去岩洞里抓来几只石蛙。只只二两有多。伯娘用石蛙连皮和着炙过的玉清叶，熬汤给郑玲喝。不过两天，郑玲轻松了。

寒毛疔痊愈。剩下脚伤不见好。胀痛。伤口有脓血。郑玲不在意。看书。跟我说那天山上的事。我嘴上没说，心里担心她得破伤风。铁铗在山上用泥土、树叶隐蔽，一般要放置十几二十天才有收获。埋在泥土树叶下的铁器，可能滋生破伤风杆菌。我们只有几分钱现金，没能力去县人民医院注射破伤风抗毒血清。人民医院人民看病都要钱，何况我和郑玲当时可以被解释为不算是人民的。虽然不大好开口，我还是把忧虑向盐长说了。盐长把我说的风险告诉了伯娘和熊伯伯。熊伯伯没二话，决定拿出一箩谷子一担柴。盐长一家来和我讨论，怎样把人抬到城关镇去。他们说要四个人。两个人抬人，一个人担柴，一个人担谷。我们商量着的时候，土质和哑婆婆来了。哑婆婆的出现，使解除我忧虑的路子拐向意想不到的方向。

哑婆婆的图案

那天哑婆婆轮到土质家吃饭。土质说起小陈嫂脚不见好的事。

我跟哑婆婆没打过交道。没有声音的婆婆，常常出没于摸不着头脑的地方。虽然布褴零落，她那不可能掩饰的安详从容，如光如香散发莫名的庄严。她有一种不会容忍轻视的气质。这个能听不能说的婆婆，除却不识字，似乎识得所有事情而不发一言。她放下拐杖，示意解开包脚伤的布。她弯下身来帮着解。掉下来的药渣她不屑一顾地用脚扒开去。我赶紧扫开药渣到屋角。好在头香没来，不然准会难受。哑婆婆看脚，食指粘一点脓血用舌尖品测。她去门前空坪青石上坐下来。从表情看，是要我们不用着急。

我们的注意力投到她身上了。静默着，像是有重大事件发生。她默神的时间并不久，睁眼便捡一块暗红石片，画一墙角古里古怪的图案。没有人懂那些图案。画完之后她坐回原处。等个人来的样子。她没有声音，在场的人也不出一声。宿林清静不敢唐突。只有伯娘面墙企图搞明白。其他人晓得那是徒劳的，混沌地站，或坐。都无能进入哑婆婆清凉的寂静中。我们只有期盼的沉默，焦灼的冷场。我正在揣度哑婆婆接下来会有如何动静，头香这就来了。头香照旧提一捆草药，这回还提着一只竹根鼠。头香的来，恰巧这个时候的来，像一幕戏剧的转关处，在只能是她的时候及时登场。哑婆婆见头香来，谁都不多瞧一眼地走了。在满地摇曳的光影中，神气的哑婆婆晃晃荡荡地走了。

头香看到墙上的图案，把手上的东西扔到地上。她开始读。只有她是读。其他人，包括伯娘，不过是猜。她读了好几遍。事实上是歌谣一样低唱了好几遍。她思考了好久。她必须思考怎样表达图案的意思。她要组织语言。我现在想，哑婆婆的图案会不会是上世纪八十年代发现的江永女书。我想当然应该是江永女书。又不敢肯定。哑婆婆的图案，比后来媒体展示的江永女书丰腴。不像媒体展示的字符那样干那样瘦。尽管都是菱形，哑婆婆的图案是图案不像是字。不过我又想，应该还是江永女书，书写风格的差异罢了。一个小地方发现一种文字已属怪，难道还会存在另一种。要真是女书，那么可以肯定，女书另有妩媚的体式。

头香总算用土话把哑婆婆的天书翻译成功。盐长听完后，立刻回家去了。我不能听全当地的语言。是熊伯伯、伯娘、土质好几个人用官话转述我才懂。他们说官话结结巴巴，没有人能用官话流利地表达。哑婆婆的图案大致是说，我们山里的野物，家畜，受了伤懂得自己找药。我们的猫狗，无论患病受伤，不用人管，它们不久会好。快用这次伤人的铁铗，夹伤一条老狗。老狗历尽沧桑，经验丰富。跟踪这条狗，就能找到药。

他们复述的时候，强调"我们的"。语气中有一点点自豪。

盐长拿来铁铗，牵来他家的老黄狗。根据头香的翻译，盐长拿竹片去伤口刮下一点脓血，用清水化开灌狗。然后几个人合力夹伤狗的一条前腿。老黄狗惨叫，三条腿一拐一拐跑出村。土质说："我去。"

郑玲看到这些很兴奋，要我扶她上楼。她说我要写，我想好了一首诗的题目，叫《你这人兽神杂处的地方》。

我想学会这些本领不再踏足城市

说起打猎，盐长放兽铗不过是瞟学，没跟过师。土质才有真本事。土质对野物的知情深度登峰造极。有次野猫叼走他一只鸡，他说野猫当天只会吃半只。他要把野猫藏起的一半取回来。不到一个时辰，他把被野猫吃剩的半边鸡找回来了。平日农闲，他忙的都是打猎的事。他不喜用兽铗。他是用绳索套。雨后上山，在有兽迹的山径用钩刀挖一路的小洞，几十上百个。三寸见方的竹匾盖住洞口，索套围着竹匾。选一根弹性好的小树弯下来钩住索套的另一头，靠竹匾卡住弯下的小树。这是一个精巧的机关，凝聚祖传智慧。野兽经过，若踩中竹匾，就踩中圈套。竹匾塌下去，兽就被弹起的小树吊起来。他家里像小作坊一样堆了许许多多的小竹匾和麻索套。做索套的麻要用绿矾煮过在山上才会沤不烂。煮麻、搓绳、织竹匾是常见他做的事情。打猎有许多方法。他无一不精。他却慎用铳、弩和炸药。用猪板油包着炸药丸挂在树枝上，贪嘴的野物咬下去半个头没有了。血糊血海，难看。装弩要自制毒箭，一般用来对付体形大的动物。铳太张扬，他也不喜欢。他喜欢用绳索套野物。他默默做着他爱做的事。捕获的猎物中麂子最多。也有野猫和小野猪。别人不能用绳索套到野猫和野猪。用绳索套牙齿锋利的动物，只有懂得封口咒的人才做得到。我要土质给我看封口咒。他说"没书字"。师傅口授亲传。我要求他念给我听。我对那咒的威力好奇得很。为了让他放心，我向他保证绝不会跟别人说这事。

他经不住我磨，终于在一场大雨后带我上山了。他说那咒在尘世中念会破掉。

那天他挂了满腰索套和竹匾。我也同他一色装扮。途中探视过一个黄蜂窠。土质说到秋天可得一担蜂蛹。挑到闹子上卖，价钱比肉贵。懂得山的人饿不死。我想拜他为师。学会这些本领永远不再踏足城市。我和郑玲就在山石泉林间清风明月一世人。

雨后土松，容易辨认兽迹也容易挖洞。每挖出十个洞做好机关念一次封口咒。这是一组莽荡的声音。风摇撼山峦。雨洗刷林石。我听到狼嗥虎吼。有麂子穿透力极强的喊，也有穿山甲和蛇的没有声音的声音。只有猎人才能听得到的声音，咒语巧夺天工地模拟放大了。土质的咒语用人声综合了山。对山诚实的崇拜，由他敞开的胸怀大张的双臂，由他傲野的姿态粗豪的嗓音表达出来。咒语没有任何猥琐情感。它是呼唤是歌颂。是骄逸的生命情调与山的交错纠缠。封口咒的结尾我记得清楚："关关冬"。这是每天夜深时响彻山林的没人见过的鸟的叫。

郑玲又撬野蘑苗去了

老黄狗回来土质回了。他带回一条碗粗的藤和一兜叶面肥厚的草。他见老黄狗嚼过那草咬过那藤。头香认得藤是虎威追风藤不认得那草。伯娘认得那草，是七朵云。七朵云生的地方"怪不得怪"。兽找得到人找不到。土质说他是跟着老黄狗缘进岩壁缝里挖出来的。

哑婆婆不失时机地在眼前，递给我几条大得吓人的蚂蟥和几条大得吓人的蚯蚓。哑婆婆又画了些图案。头香说是要把蚂蟥、蚯蚓焙焦碾成粉末，和虎威追风藤、七朵云一起熬。渣可敷，汤可饮。

这天头香没走。她懂得炮制汤药。头香说这些事情打猎的人不能不懂。在焙制蚂蟥蚯蚓的时候她说着我们闻所未闻的事。她说这粗的蚯蚓在瑶山是道菜。洗净晒干了放进塔子里腌制三个月，贵客来才有的吃。她说到爷老。原来她也没有爷老。她说她的爷老是得虎威死的。打虎的人如中了虎箭就得虎威。得了虎威没治。那时她还小，还是旧社会。一日爷老听得外面有锣鼓声。心想怪了，山里头哪来这般热闹。出门一看，只见几个大汉抬着一只大老虎，后头跟一班吹锣打鼓的。他们从门前过，朝着爷老喊，你见过这大的虎吗？爷老忍不住摸了一下虎背，人呀虎呀锣呀鼓呀就都不见了。爷老翻开手心瞧，一根虎毛扎进了手板心。爷老心一惊，遭了，我中虎箭了。头香说，我娘老当时就是用的虎威追风藤。不过我爷老没治好。怪我爷老贪。打虎过数。她告诫土质说，"你切记莫贪"。土质说师傅用花瓣给他做过花卜，猎虎终生不可过二，其他生灵每月不可过三。土质说好在如今没虎。猎麂子这些他都严遵师训。

头香用文火熬一整夜，泌出一碗浓如胶的药汤。药有异香。当夜满屋子香。

药效出人意料地好。半日工夫红肿明显消退。慢慢地血也止了脓也化了。再过些日子奇痒。结痂。郑玲又撬野蓇苗去了。苦难中女人比男人坚强。

烧石灰有味

友情包围我们。我们几乎无视友情之外的冷漠。在这个没有电灯电话收音机，没有报纸邮局也没有地平线的地方，我们慢慢活出些幻想来。幻想本来早就有，现在朋友交得结实，少了起先的犹疑。幻想由可哭之穷途与真诚的友谊催生出。

我总想和朋友在一起。白天只能在山上在地里见到他们，所以我出工比先前勤快。每天早上生产队长盐成挨门逐户喊"出工啰"，我和郑玲就肩背锄头腰系钩刀去门间上集合，听队长安排一天的农活。这里地多田少，多数时候用锄头钩刀够了。

土质、盐长处处维护我，教许多我不懂的事。他们从扁筲里拿出煮熟的芋头给我吃。要是夏天，他们点燃一丛枯草，捉来大蝗虫烧熟，撕下蝗虫的卵巢给我充饥。他们待我如兄弟。不过我仍然懒出工。只盼天下雨。雨天一般不出工。可在家里看书写字或跟这个那个扯白话。即便要出工，也喜欢戴斗笠披蓑衣的隐士相。事没做多少，在田野间运着青箬笠，绿蓑衣，斜风细雨不须归的味。

郑玲比我老实。做事扎实不偷懒。尤擅需手巧的活。收工回家还要做饭洗衣补衣裤。她针线好。绣得花。补丁补得别开生面。沦落到这步田地仍然固执洁癖，"笑脏不笑补"是这时候她的衣装品味。睡前必扫地。不然睡不着。没扫地她说就像人没洗脸。"活出些幻想"的日子其实在深度不安中。居然被郑玲打点得丝毫尘事不相关的样子。苦难中的郑玲不聪明不狡猾，沉着地死挺。我没那服帖，变着法子躲奸。出窑时一担石灰，一路走一路抖，抖回村里所剩无几了。石灰出窑对我来说是很不堪的事。

我虽怕出窑，烧石灰却有味。烧灰在冬天。村里所有男劳力卷起铺盖睡到窑上去。女人和家里女人正分娩的男人不许上窑。否则窑会塌。窑上的人不许回家，沾了妇人家石灰烧不成。没得石灰这年的收成就没指望了。烧灰时好酒好菜。大铁锅里餐餐都是自制的三角豆腐煮三两一片的猪肉。不比节日差。人在窑边席地而坐。坐在能把石头烧成灰的火焰旁，有小雨也淋不到头上。吃饱喝足就睡，轮到自己添柴了才起来。人多，几个钟头轮到一次。多数时间在吃、在睡、在耍。

记忆带着色彩。记忆被顽强的情绪环境包围。烧石灰昼夜不熄火，我只记得夜晚不记得白昼。橙色的夜和夜之深处出没的童话刻入记忆，像焦渴者记住了水。

一群聚在一起的暂时放下家的男人成了小孩。仰起脖子就喝，扯开裤子就拉。平日龃龉的两个人上窑也变得友善。山谷中有如一朵巨大石榴花开放的火焰把生灵招引来了。火光中的夜是生灵盛宴。向周围望去，峭立的世界有许多双荧光闪烁的眼睛。胆大的跑进火光照得见的地方。有站的有坐的也有垂涎欲滴徘徊的。它们老远闻到窑上铁锅里肉的味道。至于这里本来是它们家的蛤蚧、山鼠、蛇或其他爬虫，也热热闹闹为火光兴奋莫名。能吃荤的如山鼠这些忙忙碌碌搬运肉屑、骨头。夜里的山，黑夜里火光中的山，比白昼丰富有野趣。它巩固我的幻想，展示白昼没有可能的可能。一只从石山顶的树梢上起飞的大鸟，把我的幻想安放到一颗闪亮的星星上。

若想起留在家里的妇人家，就只有白昼没有黑夜。烧石灰的日子是她们最轻松的日子。站在窑顶向绿荫掩映的村庄望去，冬阳照耀的她们在香花树下手舞足蹈。说话的声音大了，隐隐听得见笑语的尖锐。只有妇人家的村子比平日生动许多。她们暂时卸下照顾男人的担子尽情享乐。有些则背着孩子走门串户回娘家。只有烧灰的时候她们才能回娘家。在张家村，这段日子女人比节日欢快。

郑玲跟她们不一样。举目无亲。记忆落到她身上又回到黑暗中。在她伤愈后的第一个冬天的烧灰的日子里，她是独守一栋空荡荡的两层楼房的。指盼头香来做伴，头香偏没来。不懂头香为什么偏在这时候没有来。不过我相信，郑玲会孤独，不会寂寞。黑暗中的孤独，是由她内心躁动的火焰组成的。她不会让自己熄灭。在这夜复一夜的夜里，她完成了长诗《你这人兽神杂处的地方》。

头香要在鸟节结婚

头香带来一块方巾。绣了好久的蓝方巾。她请郑玲转交土质。头香说这是"表记"，土质懂的。我们猜，"表记"定是信物了。不知道土质用什么方式回应的头香。郑玲把表记交给土质后不久，听说他们要结婚了。

头香要在鸟节结婚。鸟节这天地上撒玉米，树上挂粑粑。鸟跟云彩一样从空中飞旋而下。山外死了的节日张家村年年过。鸟记得这天，鸟记住了友好的山谷。天才蒙蒙亮，屋上树上石山上满是鸟。这天全村吃素。无论老幼，都要去蓝天下敬鸟。人们手头的高粱粑粑、荞麦粑粑、玉米粒粒撒完了，随意坐下来享受鸟的欢乐。头香选在鸟节结婚，客人不比皇家婚礼少。服饰华丽的客人满山是。头香没娘家人。伯娘邀拢几个婶姨，唱应由她娘家人唱的歌。唱得头香泪流满面地笑。哑婆婆送她一块雕有鸟和花的琥珀，看上去是有年头的东西。郑玲用自己喜欢的浅绿丝绸披巾做礼物，说贵重远不可与哑婆婆的礼物相比。婚礼没排场，新郎新娘大干一碗酒，和大家一起敬鸟去。土质把头香送他的表记系在头上。头香系着类似的蓝色方巾，或许是土质回她的表记了。

鸟节这天人也吃粑粑。人吃的粑粑枕头那么长那么大。是一个巨大的糯米粽子。外头包着笋壳叶。吃的时候切成一片片。在禾坪里吃。

动口前扔一点到空中，有鸟接住是好兆头。多半是仪式，不见有鸟接得住。上了天的粑粑无一例外落回地面来。掷向树，鸟也不接。正啄食的鸟反倒惊飞起。晌午过后的活动实在些，去前山一块巨石上查看谁放的粑粑被鸟吃得多。鸟吃谁的多谁的运气好。我放的粑粑原封未动。郑玲放的粑粑渣都没有了。头香跳起来，大叫："小陈嫂好运啊。"

鸟节第二天，村口无端落下一个炸雷，闪电在进村的路上犁开一条三米长的沟。这天谭石蛟带了几个民兵来抓哑婆婆。他对民兵排长九斤说，公社收到举报，哑婆婆是逃亡的二十一种人。躲在你们村子里。九斤没有办法敷衍，好在怎么找也找不到哑婆婆。大家庆幸找不到她。盐长说昨天给头香送完礼就没见过她了。这个无所从来无所去的哑婆婆！

哑婆婆睡的戏台本是清彻的。谭石蛟去搜捕时，戏台上有十几条巨蜈蚣游弋。一条蜈蚣从高处掉进他颈窝里，弹起来咬他一口。后来毒发溃烂，他左边太阳穴留下一块终生的疤痕。

谭石蛟走后我们去戏台。看到哑婆婆留下的图案。画得大。头香看着图案阴郁地说"爷豁列"。这就是哑婆婆所说的了。我已懂得些土话。"爷"是"我"，"豁列"是"去了""走了"的意思。哑婆婆留下口信"我去了"，是跟村子打招呼，免得村里人着急。

头香的预言被后头的日子证实，郑玲的运气处处比我好。我用三斤谷换一斤绿豆给她熬水清热解毒。她清热解毒了，我被控倒卖粮食挨斗。斗争会开过好几回，我总是主角。地主分子富农分子不过是陪斗。斗争会是谭石蛟组织的。在台下喊口号的人，动手捆人的人，是他从山外带来的民兵。这些人是作田汉，捆人之前问过贫协主席九龄：

"出工哪个下手？"回答是："小陈嫂下手，小陈哥出工懒泡懒鼓的。"民兵们于是把阶级仇恨发泄到我一个人身上。他们不捆"右派分子"，不捆地主富农，专捆我这个工人阶级。谭石蛟自己没被捆过，不懂解为什么捆得这紧，这家伙三几个钟点不喊痛。其实捆麻了没什么了不得。难受在松绑。血液回流手臂的过程使人好汉不起来。松绑在散会之后。山外的人走了。给我松绑的是村里的朋友们。可使谭石蛟畅快一下的场面他见不到。

我们没有忘记山中的友谊

后来我们走了。非走不可的那些事件是另一种色彩的记忆。不说了。

我们摸黑走的。

那天九斤去公社开会回来，把谭石蛟抓我们的布置告诉了土质，土质告诉了头香。头香告诉郑玲了。我们就走了。山外发生的事情告诉我们"走"。

有些事情永远历历在目。我推着轮椅上的郑玲去公园的路上，会想起曾经在一个漆黑的夜里牵着她的手走过的崎岖山径。

她没有坚持带走诗。诗稿藏在楼上窗户边的砖墙缝里，打算日后回来取。我们选择的不是诗而是活着。结果一离开就是几十年，自以为是的打算是泡影。郑玲一度企图重写那诗。不管如何努力，再没办法找回山中的感觉。

几十年中我们没有忘记深藏山中的友谊。这段友谊或许成就了后来的诗人。这一点山里的朋友不知道。喜欢郑玲诗的朋友不知道。都知道她的苦难，不知道苦难中有一颗发出光热的天体。

我一直惦念山中的朋友。没有忘记藏在砖墙缝里的诗。可惜我的能力不能想做什么就做什么。直到一九九六年秋天，才找到机会回了一趟张家村。

因为路远，我计划把车开到不可再前行的地方一个人进山，要陪我同来的朋友留在县城耍。那天毛毛雨，雨天进山的难度我是充分了解的。指望几十年的光景有了一条像样的水泥路。从城关镇的布局看，比我们在时进步多了。有一条水泥路进山不是没有可能。

车拐进通向张家村的路了。心底某处沉积着的一些东西被搅动然后浮上来。路口的右边，建于十九世纪很不错的长亭没有了。我还记得长亭里，落款是一九四二年，由洋教士写的白话布道文的开头。"来来往往的人们啊。当你们在这长亭休憩的时候，请静下心来听我对你们说说人生是什么好吗……"布道文长。我没读完过。一直不知道上帝怎样理解人生。再走进些，知道水泥路莫想了。不过还是有一段路可以行车。

前面两边宽阔的山坡本是荒地，当年由驻军开垦出来种花生。驶过这片山坡没有平地了。在山的中间穿出一条坐车散骨架的路。走了不到一半，无论如何再不可颠簸下去。只好下车。逶迤进山的是由脚板开辟的不是路的路。

面对有如久别故人的山，虽有毛毛雨，倒是怡然起来。我走着，极悠然的样子。并不苦涩地生发出离开那夜的回忆。那夜从记忆的根部爬上来。像蜗牛，慢慢接近。忽然它变为蜥蜴一跃而起，那夜便封锁了眼前的一切。

我们把艰难步履导演成光芒四射的旅行

那夜太黑。低头向地看，除了看不见，什么也没有。只能抬头望天。天光衬出山影。靠山的影子分辨路的转向。我牵着郑玲一点点向估摸的方向移动。不是一步步移动，是一点点。黑暗提供的距离不足一步。我要确信我站的地方坚实。我不知道她站在什么地方。我不知道一步之外是深渊还是沟壑。我要保证她突然往下掉时我能抓住她。在这条路上，即便不过是一米多深的浅沟，沟底都是蛇蝎群集，布满刀片一样的石刃。白天这条路是明明白白的，黑夜里却莫测诡秘。树在狂舞，变幻出各种可怖的形态。咆哮的石直指我们，让人联想充斥罪孽的三生。好像从地狱入口处突然腾飞的鹰，黑夜里弄出的响动可击溃草寇。宗教诞生之前的精灵醒了，狞厉的妖鬼兀立身边。我们依靠自己给予自己的教育，依靠在黑暗中扶持着的体温坚持。这种情形下仅凭触觉和听觉已经足够了。我们不能看也不必看。轻易适应了不用眼睛。但我知道她的眼睛一定跟我一样睁得大大的。什么都看不见的眼睛睁得大大的。我们的眼睛，习惯为光而睁着，希冀在没光的地方找到光。

住在张家村，无论去哪里都要走长路。去还是回都是长路。刚来那时期，她问我"还有好远啊？"，我实话实说还远得很。她说你说远我就走不动了，你总是不懂得哄。以后我改说不远了，就在前头。翻过那山就到了。这夜我不断地说，别急，天快亮了。就要亮了。星星或许会出来。或许会有另一个走夜路的人的火把。我们做些不着边际的畅想。做些畅想可以使人有力气。我牵着她慢慢移。我唱"我流浪在贝加尔湖滨"。我的歌声在暗夜里就是火炬。山谷完美的共鸣弥补我胸腔的狭隘，我的歌就非常地好听。我们自己把艰难步履，导演成勇往直前光芒四射的旅行。她听到歌勇气倍增，说些十二月党人的故事。她做好了迎接前路种种挑战的准备。我还是不断说"天快亮了"，再熬熬，必能见到第一道霞光。

我没哄她，后来天真的亮了。在解放军开垦的花生地那里，天让我们看见了路，看见了还没醒的城关镇。有了光的路多么好走啊。虽是只剩下一点点气力了，至少能看到周围是什么。

我拿出盐长帮我搞到的生产队的证明，买了当天第一班车的车票。两个人贼一样溜上车。车在道县停下来吃早饭。我下车买油条，在车站旁边的墙上，看到一张令我窒息的"贫下中农就是最高法院·杀字013号"的布告。

车过道县好远才松了一口气。

连绵不绝的红色语录墙，在公路两旁像站岗的红卫兵一样向后面退去。农舍的外墙无一不刷满标语。处处红旗招展。有集市的地方口号声震天。我们本就疲惫，这样的枯燥更使我们睁眼闭眼地睡去。迷蒙中在想昨夜的经历。

张家村少了云山自许的孤傲

到达张家村后先去井边洗鞋。四棵桂花树不见了。闻到牛粪沤稻草的味。我没有急于进村。我知道我的朋友近在咫尺。我要把这个一度以为老合投闲的地方跟记忆比较来。多了几根电线。电线从树上过、屋顶过。一排新屋。宽敞又亮堂。和原先的古屋比，少了云山自许的孤傲。村后的靠山仍茂密，总觉得深邃奇谲不如从前。放养了许多黑山羊，是他们新发展的副业了。黑山羊在巉岩间攀缘，异趣于麂子、果子狸的出没。洗好鞋后，我往回走。登上高处，下面是曾被闪电犁出沟的地方。放眼望去，山峦依旧。烟雨中远景一如从前，不是寻常笔墨。没闻到桂花香。平整的青石路明显失修。从所站的地方望去，门间外的围墙破旧。戏台上堆积着牛粪。不用说戏台和围墙上画的人物花草了。

我慢吞吞进村，发现不单我于这村庄是陌生的，村庄于我也陌生了。

天色已晚。雨后残阳从山背倒射一束白淡的光线。迎面来几个人，他们必定是我认识的人的子孙；老一些的是当年的儿童了。他们打量我，很冷地过去。没人向我道"纳屋咽月"。他们忙着自己的事，不像他们的父辈礼遇路人。一个少年走过身了又回头来问我："你是来收麂子的耶？"他很肯定自己的判断，"野东西绝了，被广东人收光了。"快近门间处，几个人讨论外出打工的事，个个意气风发。我感觉到村子的紧急、繁忙。原本自得自在的张家村变得急躁。它像一个慌乱地寻找一件失去已久的物件的人，把自家的箱子、柜子翻得乱七八糟。当年它不为山外的潮流所动，今天无力抵抗山外的潮流。不过有一点使人欣慰，家家都宽裕。从敞开的大门朝里看，已是另一个时代了。一个不同于千年前的时代。

盐长猜中来客是我

盐长知道是我来了。我在村外盘桓的时候，张家村已传开山里来了这么一个人。盐长知道是我。我没有认出他。低哑的嗓音第三次说，"我是盐长"，我才伸开双臂。他不跟我拥抱，钳住我的手臂把我拖进他家里。从他穿着我送给他的蓝色咔叽布青年装站在门间等候，可肯定他猜中来客是我。跟我们没有忘记他一样，他没有忘记我们。

他家里有了忽明忽暗的电灯和满屏雪花的黑白电视。没有电话，"联通""移动"也还没渗透进来。在村里如今他是说得起话的人，不再有"地富子女"这紧箍咒的桎梏。介绍完他的媳妇娘和儿子后，我们从分手的那个夜晚说起，一直说到今天。他说小水电、黑山羊这些很有成就感。还说了一大通关于香柚、香米、槟榔芋的话题。遗憾伯娘、熊伯伯，没看到今天的好日子。说起一件事，从神气看他认为我当然会支持他。以他为代表的老人家发起倡议，全村合力重修苞谷路、石板路，还有戏台，禁止再为房地产商挖香花树。这个倡议遭到年轻人的反对。年轻人反对复苏过时的东西。路只能是水泥路，电视都有了还修旧戏台做什么？香花树生在自家山中，不为自家生财有个鸟用。两种意见相持不下，争执几年没定下来。他很元老地说："照他们那样，哪是我的山！"我微笑，没作声。忽然觉得我的智力解不开这道题。我有点难受他把不隶属于山的东西孤立在外，自己就显得极端孤立。不过，他想作为而不能有所作为的尴尬，我在心里羡慕他的充实。

晚餐自然丰盛。那天正巧他从山上割回一担黄蜂窠。他吩咐媳妇娘刁出蜂蛹，和着切成跟蜂蛹差不多大的肥肉炒鸡蛋。还有一碗浸在茶油里保鲜的猪肉，亮晶晶的。这夜喝的是我带去的酒鬼酒。几十年中一醉，华发萧疏，老眼迷蒙，相视一笑，他和我都不再需要言语了。我看着他所穿的衣，怎么也想不起什么时候送过他这件衣。这件衣服告诉我，我们的友谊是他精神世界的组成部分。

又来了两个四十七八岁的中年人。我烟瘾重，提包里带了四条烟。叫志强的问，"这包里是钱耶？"，我说，"是烟"。叫盐文的问，"你能帮我找到黑山羊的销路吗？"，我说，"不能，我不会做生意"。如果说当年我不知道他们的生活方式与一千年前有什么不同的话，那么现在，在他们的口语里，至少有"商品"这个词了。

直到临睡，盐长才跟我说土质的事。说完他去灯下看我送他的书。

难怪喝酒时我一提起土质他就岔开。他要让我痛快喝一顿酒。这夜我没合眼。我决定天光一早去看头香和找郑玲的诗稿。天光之前还有一件事：再听那种从没见过的鸟的叫。从前每天晚上郑玲要在床上等这叫声。她是在"关关冬"的叫声中入睡的。在一篇散文中她说："我们每夜倾听关关冬。可它到底是什么模样？藏在哪座岩洞或哪丛榛莽之中，始终不知道。大白天它是不露面的。我甚至怀疑它不是鸟，是子夜幽暗的艺术。"

这夜我没等得到。子夜幽暗的艺术消逝了。

头香把我从一个美学低谷中拯救出来

我比谁都起得早，通宵辗转只盼天光。盐长多半跟我一样。我翻身下床他也翻身着鞋。我把找诗稿的想法告诉盐长。盐长说，不用找了，肯定没有了。原来那房子村民们作价卖给了盐成。盐成就是当年的生产队长，一个精于务农精于持家的下中农。他大修过那房子。我当然沮丧，因为这是我此行的目的之一。或许是不心甘，我还是去"我家"门前默哀般站了好久。那诗已彻底毁灭。我木然地看着那座房子，看着那诗的墓地。有喜欢郑玲的诗的朋友说她的这首诗那首诗是他们喜欢的；在我的心里，他们可能最喜欢的作品已被埋葬。诗的死，在我心中掀起波澜。灯下创作这首诗的情景在微明中浮动。郑玲是被诗统治的，也被诗虐待。只要拿起笔，饥饿销声匿迹。喝一口凉水完成一个篇章，她觉得又优越又高贵。那时她写了多少诗就烧了多少诗，朗诵过后便把诗稿送到煤油灯的火焰处。唯《你这人兽神杂处的地方》不忍烧。我记得诗中对生命不可毁灭的坚定信心，就是受到山中遇到的友情的启发。诗中构筑了一个至少当时并不存在的社会情感乌托邦。那首诗很长。那是尊严高傲的恐惧。是刚好能让我们保持清醒的美之棒喝。

盐长带我去土质家。边走边补充一些土质在广东英德从脚手架上摔下来的细节。我没吭一声。心想要是在山里，人们望而胆寒的险峻都难不倒土质。土质不认识城市。尤其不认识高速膨胀中的城市。那里仅凭噪音已足够把来自大山深处的人搞得晕晕乎乎。土质不该离开山。

这时天快要大亮。山岚从这座山头消散又悄然罩上另一座山头。仿佛在不厌其烦地跟一座座山说昨天山里来了这样一个人。山岚忽而从山顶飘下，厚厚地覆盖田野。我触到了山岚多情的抚润。它记得这个人是在山的怀抱中安静过的。

我只想离开。在美景中离开。不想让悲切污染我的记忆。我因不敢见头香而脚步迟疑。依我的推测，她已是一个憔悴的婆婆。无法想象失去土质的头香怎么活。我认为头香在她每天不得不说的话，不得不做的事，不得不想的问题，不能不有的憧憬中，都会想到土质。任何生活中不能省略的琐事，她都会联想到土质。这是很难承受的重压。虽没说出口，我一度想回头不去见她。我受不了孤苦女人的泣诉。尤其会受不了头香的泣诉。我想永远珍藏三十年前热烈的头香。

这天头香的两个儿子黑早已上山去。昨天有雨，今天是上山的好时机。爷老娘老是好猎手，两兄弟继承了父母的本领，当然也是好猎手。盐长推开虚掩的门，屋里坐着哑婆婆一般精神的头香。她坐在靠窗的亮处，晨光顺头发流下。尽管脸上的线条和手脚轻细的动作使我感到她不安的波动，我还是体会到这个大胆地向她的情人走来的女人，依然带着来自大山深处的力量。她的屋子布置得像一间情调浓郁的展室。我留意到展品从门外的小坪里已经开始了。土质的蓑衣、斗笠、钩刀、镰刀、斧头；套野物的竹匾和套索；大铁铗、小铁铗，精致的弩，残旧的铳；猎山鸡时用于隐蔽的由荆条茅草扎成的似盾牌的草屏；还有扁担、粪箕、箩筐；雉的尾羽；土质吹过的叶片，穿过的衣物，被她布置得生机勃勃。没有人奢望大山的女儿有这般超凡的性灵。

不会有更感染人的东西了。谁看了都会被对死亡的抗拒对生命的肯定的歌咏感动。每件物品以平常被忽视的姿态活在那里。它们安顿得正是地方。可以说，不是她"安顿"，是物件各自找到的自己的位置。充满生命的整体让人相信，它们刚刚才使用过，不久又要起用了。它们明白地告诉人尤其是告诉头香本人：土质还在。山里著名的卓越的猎人没有离开山。你追求的情人，你一生相依的那个生龙活虎的善良的土质，就在你身边不会走远。你的土质每天照旧在山上打猎在地里锄草。或者，刚才还在坪里破柴火。因为土质有你，还有两个落地诗，他就绝不会走得远。眼下，他去了赶闹子、看朋友，去了城关镇沽酒。他会很快回来。这是我的印象。我的这种印象来自于它们清晰无误的语言。不过我认为这些物品之间高度默契的动态关联，与其说是雄辩地使人相信土质在场，还不如说不经意中泄密了头香自己的全新生命领域。在我的理解中，这一切是和她跟土质没有终点的情感发展捆绑在一起的。我只能懂这么多。我不可能穷尽她的丰富。尽管她不过是汉字识得不多的山里的女人。我有沉重的快感。头香一下子把我从昨天那种不慎掉进一个美学低谷的怅惘中拯救出来。我一时十分享受。

探访的时间不长。她见面第一句话是："小陈哥，我晓得你会来看我。小陈嫂好吗？"

我把郑玲的散文集《灯光是门》送给她，指给她看书中提到她、土质、盐长的章节。她说："小陈嫂的书字写了我们呀，我要告诉土质。"

我满足地告别她了。我听到了她优美的曲向自身的倾诉。唯有她是山原应持有的立场被导入歧路的矫枉。

盐长要送我到县城，我走的时候又碰见她。我最后一次仰望。

我和盐长走到闪电犁出沟的地方，听到她唱般地呼喊。像是提醒。如同家里人对将出远门的亲人的叮咛："神霍列。"

也许是对我说的。

我当然懂。她是说："神已离我们远去。"

田野最终归于平静

　　湖南省江永县夏层铺镇下甘棠村，于二○一一年十一月十一日至十二日举行了两天的庙会。十一日活动的主题是请神，十二日的主题是砍牛。

　　既是庙会，少不了舞狮、拜神、聚众吃喝、唱大戏。这些内容从十一日延续到十二日。十二日这天，四面八方来了上千人，小汽车有十多辆。

　　舞狮与大戏并不能招徕太多人，盛况空前是砍牛的吸引力。六头牛，这天，二○一一年十一月十二日，农历辛卯年十月十七，将被一头一头砍死。

　　砍牛之外，吃喝是重要内容。在一个宽大简陋的大餐厅里，几十桌摆开，一轮又一轮地大块肉大碗酒。吃完一轮后，像热带气旋扫荡过的餐厅，杯盘狼藉，餐桌上立刻摊开了为下一轮准备的刚宰的一边一边的猪肉。

　　砍牛的隆重仪式，在风光秀丽的石山壁陡的一面举行。西边有路上山。沿路上去是庙。一座小庙。庙里坐好十几尊十一日请来的神。

都是尺把高的小偶像。不知道是泥塑的还是木雕的。有些有胡须，有些光着下巴。不生动的样子。个个寒酸而腐朽。

庙前两边瘦黑的石头上老早堆满了人。这些人放弃舞狮、腰鼓的表演，争先占一个好位置。他们要看牛在神前挨第一刀的时候，牛怎样表演、人怎样表演、神怎样表演。

天气还好。不冷不热。不远处闻名的古村上甘棠对这样的庆典没有热情。它在露水洗净的晨光中安然自处，不屑这里的人声鼎沸。下甘棠不一样了，石山下的水泥路边的地摊子上，摆着香烛、鞭炮、纸钱。满怀节日兴奋的人群，男女老少地来了。

四个人扮成的两头狮子，撩开黏稠的序幕。它们由一个人领着，依次在祠堂前磕头，戏台前磕头；在一个莫名其妙的地方磕头。锣鼓、鞭炮、叫喊，把平日和平的乡村搞得神经质。文明早期的欢快深处，有难以察觉的悲剧气息。

昨日很中心，现在冷清了的戏台前，并不整齐地站着今日的牺牲。这是六头漂亮的水牛。它们的体形处处引人注目，没有哪一部分微不足道。它们头顶戴着大红花。化学纤维扎的大红花是极刑的确认。

戏台前的空坪，蜿蜒至此的水泥路，年代久远的上山的石板路，被昨日和今日燃放过的鞭炮覆盖。粉碎的世界。不寒而栗的颜色。

唯有六头牛，六头驯良的动物，是聚集在这个场面的上千生灵中最美的生灵。它们的脸任何时候都真实厚道没有秘密。眼睛像圣徒光照明亮。润泽的毛皮，和谐的线条，它们天赐的优雅，与生俱来的尊贵气质，使即将发生的事件，无异于把一件自然的伟大作品敲碎。温暖与尊严，即将敲碎。

围观的人越来越多地麇集在田埂上和收获了一半的干涸水田上。

忍辱、勤劳的生灵，面对没有收割的另一半田野。眼里流露出并非关于自身的巨大焦虑。

饱满的谷穗垂着头。

成熟的田野记得春天，记得它们劳动与奉献的爱好。正是它们，使田野有金黄的收获。它们本在做着明年的梦。

今天，在梦没有做完的时候，它们的生命过程将要停止。

一群穿着迷彩服的人，是十几个人，其中一个人手持大刀，围住他们选中的一头牛。十几个人这样重复地做。他们强迫牛上山，在神前下跪。牛站在神前的时候，有人十足小人地偷偷摸摸用绳索套住毫无防备的牛的后脚。

它们自愿昂起头来，让大刀在颈子上拖出一道血口。拥挤的观众没有被超凡的镇定感动。他们用摄影机、数码相机、智能手机，记录第一注血飚出的瞬间。

神没有出现。真正的神跑得远远的了。庙里坐着的如果是神，那是邪神，直瞪瞪盯住一排供品，连望都没望一眼牛。

鞭炮、锣鼓参与进来。血打湿了庙前的石阶和路边的岩石。人把牛拖下山。在没有节奏的兴高采烈中，厚厚的鞭炮残骸，掩盖了一路的血。牛默默地严肃地走向最后时刻。牛被拖到戏台右边的空坪，几个人把早就套在四条腿上的绳索用力一锁，庞大的身躯倒下。赶到这里来的人最要看的一幕开始了。有一阵小小的骚动，不赞叹也不哀悯的声音此起彼伏。十几个人扑向牛，按住它的头和脚。牛没有鹅鸭那样的叫喊。它们知道叫喊无济于事。既然叫喊无用，不如死得尊严。

看到的就是这样。没有呐喊。没有发泄。

它们是有力量把屠杀它们的人踏成齑粉的。但自幼接受的教育，使它们弃用暴力。有一种教育，紧紧捆绑高大的灵魂接受死亡。这是一代接一代的相同的教育。为了驯养而实施的教育。牺牲是它们的理想。它们生下来就为今天做好了准备。

牛动弹不得了。拿刀的人又蠢又笨地用飞快的刀在颈子上来回割。

牛头剩下颈背的皮肉与躯体相连。四个人用绳把头向后拉，它的四条腿被更多的人用绳扯住。伤口被撕开。一个中年人拿着保温杯过来接血，一仰而尽。

五头牛都是这样死的。

第六头牛因为年轻，场面多一些伤感。它在神前不肯跪下，执拗地维护它的高贵。挂在两只角中间的大红花被甩下来。它不承认今天的判决。它在庙前上上下下转了五六圈，把要迫使它下跪的人累得气喘吁吁。它太小了，还不懂事。它好像要提醒人们注意它的优美，期望麻木不仁的人不要摧毁它。不过它在喉管差点被割断的时候放弃了幻想。有泪的眼睛望向岩石上的一个小孩子像是诀别。

它的生涯和那个小孩子一样，刚刚开始或者说还没有开始。它原本可以把整个山头变成层层梯田。它可以协助人把荒芜改变成果实累累的绿荫。它的梦想，在朦胧中扼杀。

可能是它的朋友的小孩，是这个场面中仅存的温润。他手里抓着一把青草紧追下山，始终做不到把青草送到它嘴里。

年轻的牛最终被拖到五头牛的血泊中。颈部的伤口被无情地撕开了。血像火山喷射，它内心的火焰高高燃烧。相当于人的右手的那条腿，痉挛着，直指苍穹。这是它的生命最诗的片段。

锣鼓、鞭炮和腰鼓一齐响起来。

原野停下了最后一次抽搐，场面逐渐平静。人们清楚最好看的戏演完了，稀稀拉拉散去。他们时不时回望戏台这边，远远看见六张硕大的牛皮有如六面残旗偃卧。正好是最年轻的那头牛的俊秀的头颅倒栽着，英武的角深深插进田里。

没有悬念的游戏结束了。

但它们，还没有冷却。强有力的心脏把带着泡沫的血断断续续泵出来，一股一股灌进裂开的土地。

死亡的虚构

　　至于我的死，可预见必色彩黯然。现在想得到的是一种没有出息的死法：在医院里等死。这个时候已经动弹不得，头脑有点清醒又有点糊涂。心里明白来日无多了，对人世的留恋值得同情地处处有所流露。又爱面子，不想人说我怕死。我掩饰忧惧，尽力显得大无畏，显得超然。心里应当是并不情愿。但我懂道理，晓得再不情愿这事也不可抗拒。我就在不想笑的时候笑笑，在无情趣可言的沉闷中出语幽默。照护我的人于是觉得也还好玩。

　　医生对一个垂危病人要做的种种事情不说了，那是人人知道的。我只说我可能想的事。一个离临终不远的人思绪紊乱，不会有首先或随后。也就是说思绪没有秩序。因此我在病床上的所想，必然颠倒错乱没有逻辑。要理出来龙去脉是不可能的。好在不会有谁期望这样状态下的人精明。

　　病床靠近窗户。进医院我就坚持得顽固。躺在床上可以看到蓝天，一声不响地欣赏白云和小鸟。当然我不过看见一团白色的光，有一些黑影掠过。但在感觉上，蓝天、白云、小鸟比我没患白内障之前还要清晰。这是有些奇怪的事。我已经不是用眼睛在看了。我静静地欣赏，思忖我离开身体以后，可不可以站到云高头，随风飘来飘去。

离开了身体的我是什么？这个在病床上扎实思考的问题耗去许多光阴。我缺乏任何一个理论领域的系统知识和系统训练。我的思考只是一个垂危病人的胡思乱想。这些想法是自古流传的种种说法的肯定。原本不以为然，现在有些信了。或者说我希望那是真的。

我的身体早是一截枯死的树桩。绿叶没有了。原有的树干萎缩脱落，倒地不起。它的一面紧贴泥土，向阳的一面生出些淡绿的蕨和白色的菌。剩下的树桩继续腐烂，连附其上的苔藓也开始发黑。后来腐烂消逝，草丛中只留下模糊的浅痕，来一场暴雨会冲刷殆尽。这就是我的躯体。心里明知这样，还是要看看一点美感也没有的东西，希冀找到哪怕一小块青春的残迹。我几次抬起头来又倒下去。不仅体力不支，插进鼻孔的胶管和插进血管的针头尤其碍事。只好向远处望。

一旦不再关注自身，新的发现就出现了。树桩周围花草馥郁，不远处隐约红色紫色黄色的花。好闻的味道朝我扑来。树冠上站着一群漂亮的鸟，它们有骄傲的颜色和姿势。在这样葱茏的世界里，我会腐烂吗？我又想看看我的躯体，还是看不到。虽然看不到，倒也清楚这树桩没什么可留恋的了。那么走吧。我能走吗？从这世界飞升？我将肯定这是可以的。关于这一点许多伟大的科学家都相信，不然牛顿就不会说"上帝的一击"。与身体分离后是什么？还是生命吗？我会坚持，那不是物质，却仍是生命。其他动物死了就死了；人死了之后，有生命最重要的部分，离开身体穿梭于时空之中。这是人与动物的区别。以前各类学者给的多种说法忽略了这一点。十几岁时读过几本唯物主义的书。或许是没看到经典，所读的是没写好的唯物论著作。记得一本书这样说，人的思想是物质，因为大脑是物质。这本书没有否定人有思想有情感，只是认为这也是物质。解放初期我学徒的那间工厂，正是用这本书做教材给工人上课。后来我把这种观点叫作顽唯物论。它不承认比躯体更有创造性，更人、更生命的，人的非物质部分。这部分是生命的产物，不是物质的产物；而且是人的生命的产物。因为人，是由血、肉与梦所合成。当然我知道，这样说可能遭到沉重打击。但我还是坚持。不敢公开说，也无根底说清楚，私下这样认为总不犯法。我无论如何不会承认诗、爱情、梦与幻想是物质。

这样看来，人，确实有不可火化的部分了。不可囚禁也不可消灭。这样的观点在临终前愈发顽固。有了它，可以较轻松地迎接即将发生的事情。那么告别躯体后的我究竟是什么？该是灵魂吧？或许，就是鬼。灵肉一体的时候，灵魂和精神好像是一回事。灵肉分离后，留下的叫遗体，走了的叫灵魂，没听过叫精神的。"体"是谁"遗"下的？也只有灵魂了。从蒲松龄到我的祖母，都认为魂魄不会跟肉体同时消亡。祖父去世后，祖母为祖父做头七、二七和三七。她说人在死后的第一个七天、第二个七天和第三个七天都要回家来走走。这几天家里点香烛、烧纸钱、摆供品给回家的魂魄享用。祖母说吃摆过供的水果和点心如同吃渣，味道在夜晚被回来的人吃去。于是问题更加明朗，至少祖母证实了，人有不死之魂。所以我从躯体飞升，从此自由来去是一定的。换句话说，死了还活着。

这个问题解决之后，会想些别的事。这容易了许多。差不多带点娱乐性质。要不要立个遗嘱，顺理成章会想的。一想到这件事，又觉得可笑。留遗嘱对一个没有财产没有重大责任的人，一点用处都没有。也不会毫无嘱托。只是所托不多不重。我要求身边的人不要把我面临特别时刻的事告诉我的朋友。如果我走了，最好当作秘密，能守多久守多久。我甚至事无巨细地交代，来了电话怎么说，朋友上门来怎么说。其实好办得很，我的朋友与同事是相互隔绝的。所供职的机构没法瞒，一旦不吃不喝，养老的钱不能领。朋友们不管我的吃喝，不定期给我钱，瞒他们没有道德制约。我希望朋友们以为我还在吃在喝，只是去了一个僻静的地方隐居，某一天会回来与他们烟酒清谈。至于不开追悼会，不搞遗体告别仪式，把骨灰撒向江河、大海、高山这些，已经缺乏新意。我又搞不出更新颖的高风亮节的名堂，所以不会有交代。身后如何安排全由别人调摆，想象不出实际是个什么样子。我只能想象一般不可变易的环节。不过我会要求不要用白布覆盖，这是我不喜欢的场面。虽不能有醉卧沙场的壮美，总可以让我毫无遮盖地躺着。不至于太阴森，寒气逼人。最后，我殷勤嘱托，去乡间访购一粗陶陈年酒坛子。把我装在酒坛子里，省钱又风流。上面是躺在病床上一定会这样想的几件事。第一件重要些，那是做完人后可以做鬼的理论基础；其他不过个性化选择，无道理可讲。

还会想些什么呢？最希望的是医生向我宣布康复出院。虚惊一场。但医生每天查房的诡秘神情，并不高明的好听的话，让我知道已临近尾声了。如果我坚信有来生，不怀疑身后可以做鬼，应当轻松愉快。我又没有轻松的感觉。责任与义务不再纠缠我，本应是轻松的。但我没有轻松的感觉。虽然一切都无能为力了，还是放不下。留恋人间的美好，也留恋人间的不美好。这说明我是质疑做鬼的可能的。担忧演绎出来的理论的基本假定，不及欧几里得几何的点线面的牢靠。这样的时候，我的面容困倦而忧郁。或许会想些轰轰烈烈的事。会并非遗憾地细察碌碌无为的今生。这个少年时代梦想马革裹尸的人，身上没有刀痕没有枪伤地即将冷却。莫非我跟自己开了一辈子玩笑。便十足阿 Q 地用崇拜慰疗自己。这就追忆许多值得崇拜的死。在我临终之际，一定会想起这些人。近一百二十年中，有许多伟大的死，他们都比之前史籍上的死更辉煌。他们所属时代有别，却都在为同样的困难作斗争。有死得壮烈的，有死得高贵的。还有死得娴雅、诗意的。都是不通权变的骨鲠文人的死法。政治家不会有这样的死。有的在刑场歌吟，有的在刑场吸烟、饮酒、谈笑自若。有的在临刑前平静得山崩地裂。知道第二天要死了，不是睡不着，而是熟睡。熟睡后无噩梦可做，竟然做着美梦。起床后一切如常，吸烟、喝茶、读书、吟诗、写字。在他们那里，与世长辞不过是一件无穷生命中的寻常事。这样优雅的死，比壮烈更为壮烈。应该有大块文章歌颂他们。那将不是歌颂他们，是歌颂我们。是把我们的好说出来。我要死了，做不成这件事；就算做得成鬼，也做不成这件事。从文献看，鬼只能哼几句诗，做不得大块文章。我忽又相信我是做得成鬼了。那么，我能不能在美梦中逝去？一辈子窝囊，可不可以把自己的临终处理得干脆些？我这样想着，不知不觉睡着了。睡着了还在想这些人。人在弥留之际，沉睡与清醒的边际模糊，有时看上去大睁着眼睛其实正在做梦。我看见大刀向他们砍去，子弹向他们射去。他们撞碎时代樊笼，山岳震动。我被惊醒。醒来才知道，我已经死了。白布覆盖我，这是相当气恼的。护士和医生不在。他们履行完了他们的职责。

我没有立刻离开。几十年在一起，不能说走就走。我在白布下抚摸僵硬的躯体。低唱《阳关三迭》。我有些同情这疲惫的身躯了。惜别的歌声，闻讯赶来的几个人听不到。他们在商量如何料理后面的麻烦事。我从白布下飘出来，和他们一一道别。他们什么反应都没有。我高兴没有人哭。这是我一贯主张的。生前对某人真心真意，死后不必哭。生前虚与委蛇，死后潸然泪下，不过是表演，直让人作呕。

最终我被处理成一坛子粉末。这意味着我已把谬误百出的今生，彻底抛向另一边。但并非意味我处于孤独的尽头。恰恰相反，我可以随意亲近江河大地日月星辰了。这回我真正地感觉到轻松。离别之前，我钻进密封严实的酒坛子，翻寻我的舍利。也许舍利里面收藏有我生前的一点点好。翻来翻去，只见一深黑小颗粒。状如豆。微苦。色泽晶莹。我捧在手中把玩。它忽然放出光芒。酒坛子内壁照耀得通明透亮。我在酒坛子里光华四射。我高兴极了。笑出声来。陪护我的人见我睡着了笑，也笑。医生正好进来，通知我可以出院了。

第四辑

酒　德

　　晋刘伶写《酒德颂》，"惟酒是务，焉知其余"。那是以"饮"为德的。"德"字的意思和"能"字接近。倘以能饮为德，自然谁的酒量大谁就有胜一筹的酒德。这样酒德导引下，伤身毁性不奇怪。阮籍就因暴饮而大量吐血，使得这位容貌瑰杰、志气宏放的奇男子五十四岁便丢了性命。刘伶更不要命，喝酒喝得悠悠忽忽土木形骸。他出门时在鹿车上带着酒，叫人背把锄头跟在后头。吩咐随人我醉死在哪里就把我埋在哪里。如今人们说到酒德，多半指其人酒后的言谈举止。合度者有德，失态者无德。这是比之以能饮为德要妥帖的。

　　我赞成杜甫在《饮中八仙歌》中阐扬的酒德。老杜的酒德观和高级精神产品联系在一起。"李白一斗诗百篇"。百篇诗和一斗酒，加起来是这位号称醉圣的诗人的酒德。"张旭三杯草圣传"。这位酒仙饮酒辄草书，挥笔大叫，变化无穷，若有神助。这是著名的醉墨的创作过程。张旭所书《酒德颂》，被视为殆类鬼神雷电，不可测度的珍品。还有贺知章，他醉后属辞，动成卷轴。八仙中没有一个是于文武之道未尝留意的酒囊饭袋。他们都因酒而诱发出奇丽的想象和强大的创造力。稀里糊涂吐出些秽物便鼾声如雷的酗酒之徒，不可言"德"。

北方有朋友来，说他们成立了酒会，入会者善饮不消说，还要是政治、军事、外交、文艺、科技诸界有所成就的人。算是暗合老杜的标准了。但朋友又说："我能饮五十度白酒八两，不过酒魔而已。"原来设有职称。排座次为酒圣、酒仙、酒魔、醉龙、醉虎、酒鬼、酒徒、醉汉。"高级职称"两档，"中、初级职称"各三档。我就职称的名目提了意见，建议将正高职称"酒圣"改为"醉圣"。《三国志·魏志·徐邈传》载有"酒清者为圣人浊者为贤人"的话，可见"酒圣"乃酒之清者，如茅台、五粮液之类。是指酒而非指人。读书人玩风雅，有个出处的好。再是因有"高阳酒徒"这个典故在，宜将"酒徒"的称号放到"酒鬼"前头。"酒鬼"毕竟无文献稽考，不像其他名号有出处。如古有蔡邕称醉龙，谢玄称醉虎。

接着我说了下面的意思，以酒量为准不妥。齐威王问淳于髡："先生能饮几何而醉？"淳于髡说："臣饮一斗亦醉一石亦醉。"齐威王说道，你饮一斗就醉了，怎么饮得一石呢？淳于髡于是说出他在不同的场合不同的氛围心境下的不同的酒量。足见以酒量为酒德的标准也好，还是作为上述职称的标准也好都靠不住。

醉圣、酒仙的标准有李白、张旭的典范在，依照这样的原则，考虑酒魔三档酒徒三档。樊哙的德行就可以作为中级职称的参考。

鸿门宴中，范增谋欲杀刘邦。樊哙在营外听得事情紧急，乃持铁盾撞入，昂首立于帐下。项羽为其豪气所动，赐以卮酒彘肩，"哙既饮酒，拔剑切肉食，尽之"。项羽问："能复饮乎？"樊哙说："臣死且不辞，岂特卮酒乎！"接着他说出了一番令"项羽默然"的话，终至救了刘邦一命。像樊哙这样以"饮"巧运于政治、军事和外交斗争场合，从而解决国家大事的人，其酒德是上品的了。评醉龙醉虎够格。

或者，能独具旨趣。如欧阳修的寄情山水之间，陶渊明的悠然东篱之下。

中国文人的饮酒旨趣，境界玄远且情致各异，确实已构成可观的文化侧面。它的色彩是热烈、多情、真诚而又充满幻想的。空灵、淡泊、超远这些，只是基本色调中的高级层次。

从前我在都庞岭下的江永县务农，乡间有一茅店叫"荷锄饮"。近处农夫晨起披衣，去店里沽二两白干下地，这一天就倍觉"雄"。他们腰悬一壶，能挑百斤公粮送至百里外的道县，不愧是饮之善者。他们嫁女时唱道："一杯那支酒，酒也酒是清。"老人说，这是"一辈那子久，久也久是亲"。他们高举樽罍，寄托美好的追求，都是酒趣之正道，酒德是入格的了。

涩湄村咏叹

仅仅为了会一位想念的朋友，邂逅了南沙榄核镇涩湄村。我毫无准备地从嘈杂的灰尘蔽日的世界，走进了庄园的清净。安静的村子，在珠江三角洲肥沃的冲积平原上并不少见。他们都有富足的安静。涩湄村的安静甜甜的。冬日的阳光导引我们走向果蔗和香大蕉的田野。

待收获的果蔗有大气势。榄核中学校门前，视野应该是开阔的，一眼望去，却矗立一堵两米多高的整齐的方阵。你会惊讶如此坚定的不可摧毁的甜蜜的向往。这使人以为涩湄村的泥土石块和流水，都有果蔗的味道。

在珠江三角洲四通八达的水网地带，村子里有水渠，有高大的古榕和幽深的小径是常见。但涩湄村的一条小径迷人。毫不张扬的僻静。不涉红尘地修竹旁生，槿蓠护路。这是涩湄的泰然自若。从我们漫步的方向说，右边是河，左边是凤眼莲覆盖的池塘。漫步在这条小径上，大概也因甜甜阳光的参与，我们有被关怀被礼遇的感觉。长长的逶迤小径并不通幽，它轻盈游向的前方是高速公路。到此左转再左转，模糊是湿湄村中心的去处。

巍峨一株大树。我被这树吸引。那一刻，只有这树。以致没留意周围的环境。讲不清这棵树究竟在村子的哪里。这树立在大地与天际之间。殿堂穹顶般的树冠，不可一世地屹立的主干，其高大不在丈尺之内。举目望去，能与比高的只有飞鸟与云彩。横斜交错的枝干中，一支不凡的树干，酷似指挥家手里的指挥棒。

这树纪念碑一样记录了湿湄的悲喜。也许这是永恒守护湿湄村的精魂。它不可摇撼地伫立，永无休止地思考。思考风，思考雨，思考土地，思考惊蛰或者春分，思考水渠里的小鱼小虾小螃蟹，还有池塘里的鹅鸭；思考苦难，思考瞬间的激动或郁闷；必然也思考着正在这块土地上劳动的人和远走他乡的游子。一片分离出的绿叶随风飘远。越飞越高。越高越远。最后看不见了。这片树叶会落在某处。说不定，也遥远。

在一家农户午餐。有地下室的两层小筑是我这辈子莫想的宅第。第一层做客厅，足够宽敞。精心布置的楼梯通上二层的餐厅。地下室出人意料地明亮。从客厅门口顺着楼梯望下去，地下室有自动麻将机，还有漂亮的厕所。这栋乡间小筑的后头，想必有沟渠比它的地下室更低。

吃饭时我的朋友偏爱餐桌上的红薯和苞谷。也欣赏水鱼。她说从没吃过这样肥厚的裙边。主人说，荤素都是自家地里和池塘里的产出。他要我们饭后品尝果蔗。他说果蔗不是用来榨糖的。

饭后我的朋友和同行的人，在二楼阳台上晒太阳。我下到庭院看几个人包装果蔗。庭院里男女五六人，个个低调扎实。协调而默契的劳动把果蔗砍成四十三厘米一根装进包装盒里。这就把汗水变成了商品。他们都是可尊敬的。都有令人起敬的姿态。这里充满日复一日永远存在的激情。

一位健旺的老大娘和我搭话。她热情又敏捷。多半是今日主人的母亲。方言听起来吃力。还是勉强能懂。她说到了冼星海。我有点诧异。一般会不以为意的村妇，居然说起这位人民音乐家。不能全懂的方言的意思，我猜是告诉我冼星海是他们村的人。冼星海三个字，从她嘴里出来，如同从涩湄泥土里蹦出来。我立刻听到了《黄河大合唱》。愤怒的战斗的充满信心的排山倒海的乐音响彻九州。这部庞大的悲怆有力的警醒山河的作品，展现出一个崇尚自尊与献身的时代。我深信这样的时代不会一去不复返。因为这样，我有了兴趣多想一下深刻理解黄河崇拜黄河的，具有与黄河一样澎湃的精神的青年音乐家。

这是很久以前的事。一百年有多。在一个不可确定的早晨，疍民冼喜泰带着妻子黄苏英，驾着他家的小船离开了涩湄村。对于疍民来说，船就是家，船就是土地。这条船，漂到天涯海角，终是涩湄浮动的领土。今天在涩湄，无论是在集市还是在所有道路的分岔或田野间曲折的阡陌，都有这条渔船的身影。那位仿佛从那株大树上分离出去的叶片一样的，后来在异乡历尽艰险的单纯的伟人，如今生活在故乡每一户人家里。

任何时候，土地和人民，是第一位的。这块土地上的著名人物是第二位的。有强势人物把自己凌驾于土地与人民之上，那只能生硬地造成朝生暮死的非常短暂的辉煌假象。冼星海不是这样的伟人。他生前甚至没有意识到自己已成就为伟人。恰好是这种不动声色的以民族荣誉为最高荣誉的人，有了民众对他恒久不衰的怀念。我在涩湄的勾留里，在好几个场合听到人们心怀敬意地提到冼星海。涩湄村纪念着冼星海。榄核镇的头脑在想冼星海精神如何发扬光大。在一次随意的交谈中，还碰到做冼星海文化的盘算。现在的问题不是如何纪念冼星海，而是要努力让涩湄村以及榄核镇配得上冼星海。当然，召回自信自尊最为重要。榄核镇、涩湄村准备贡献自己的力量。如果做冼星海文化还有别的用心也未尝不可，那样的话，或许应无所住而生其心。

半瞧的诗

　　刘舰平人漂亮，一个男的称得上漂亮，必定比英俊多些英俊。他最漂亮的是眼睛。偏偏他眼不好。不好了的眼睛还是漂亮，可想他瞧得见时的明亮。就是如今，走路要扶，眼睛仍然是透亮的。

　　他的眼睛早不好了，只是我不知道。一九八几年我在株洲，某年夏他来，午饭后走了，说"回长沙"。个多钟头后我上街，见他立马路边，我从他眼前过，距离在一米内。他竟"装着没看见我"，这使我不宁贴经年。后来他解释道"眼不济"，我还是半疑半信。

　　此后他就有号曰"半瞧"。但他之"半"已多过我。

　　他就在"半瞧"中逍遥。

　　他有许多癖好，写长家伙不行了，就游山水、玩古董、赏字画；这又写诗。

　　觉得只要嘴巴不要眼睛的手机后，使他在古董、字画外多了一桩事可做。

他的诗都是用语音操作的手机做的。

一日手机急响，声音似不同平日。打开一看，舰平的诗，这就回信说"好"。不意从此日日有来，吃饭响，睡觉响，上茅厕也响。头一阵并不适应，说这成了诗灾。又几日忽沉寂，我竟索寞，且微感不安，这就晓得心底下是在喜欢这个空中茶楼了。

有回我提了一点意见，手机几日悄无声息，心疑得罪了他。我把我的回信转发给何立伟，问："是不是措辞不当？"立伟安慰说："你这是夸他，断无得罪的道理。"

手机果真响起来，心知天上必有好诗堕下。端茶，点烟，悠悠然去看手机信息。

这已成一乐。到他把其他朋友的珠玑转来，便是乐中之乐了。因他的手机诗作，坐斗室作千里清谈。晤久别之故人，识他山之名士，当然是天地间之大快乐。

这些空中堕下的诗，我不把它作古风读。虽然不得不说脱胎于古风，却也有民歌的清透。其实他有些诗又是标准的近体。如《秋风凉》，"又是秋风雁阵长，愁生逝水满头霜。梳妆镜里相思月，借去床前照客房"，说是绝句恐怕无可挑剔；还有《回家》的"暮霭秋烟罩冷川，寒山寺鼓叩霜天。风中落叶归尘土，浪子回家跪墓前"也是这样。像《雾景行舟》，"紫气青烟变幻云，红尘障眼又迷魂。残帆破雾江天去，雪月披纱嫁故人"，要是不计较韵脚有毛病（"人"是十一真里的字，"魂"是十三元里的字），也是优秀的绝句。这些都说明他原可做一手典雅的近体，只是不愿走这条路。假如他真的用旧体诗的格律框住自己，很可能扼杀本来清新活泼的原生情趣。说这些话其实乏味，重要的问题是"是不是诗"？是真诗还是假诗？许多年前，绿原、傅天琳不约而同机到广州。我去接机。回家的路上听得后座的绿原对傅天琳说:"诗没有古今中外之分,只有真假之分。"如今有太多旧体诗作,不过是一些合乎格律的与诗没有关系的句子,自不如舰平有诗无格律的作品。所以说,莫问他做的是什么体的诗。就诗体而言,不如不说是什么的好。它是和谐的生存,这样生存下的临轩清唱。是自在,是清凉,是对友谊的向往,是他在空中茶楼诗领群朋、冰心映照的深得闲气散气的腹内烟霞。

荒田小品

　　我必须承认我分不清散文、杂文、小品的区别。我没去管这些。我只接受文章的感染。文章如没有感染力，不读就是了。一般我不会纠缠体裁。一件作品谁能接收到它的提示，谁能享受它品味它那是另一回事。没有一件作品可以感动所有人。在这一点上，但丁、达·芬奇、裴多芬、托尔斯泰、罗丹都做不到。这当然不是一篇小文可以讨论的问题。这篇小文只有一件事：说说刘荒田的小品。

　　刘荒田是一个已经有了大量作品的作家。他已把自己成就为一位精彩的散文家了。我想是不是他大的情感段落成了散文，某些时光碎屑成了小品。他贪婪地咀嚼自己，一点碎屑都舍不得浪费。像蜜蜂酿蜜，在嘴里反复咀嚼，用生命的酶，把采来的蔗糖转化成蜜。对于荒田来说这是他的创作过程。他不得不处理他的材料，让它成为一件艺术品。他要赋予作品某种能力，即让人们感受到、认识到那些可能忽略的东西。一件作品正因为具备艺术的提示能力才给了我们快感。刘荒田的小品在这方面用他大量的实践是做得出色的。他众多小品的演绎过程，展示了一个不停地深入思考的头脑。文学家与哲学家的不同，我想就是文学家能使人在享受中认识真理。

刘荒田生活在底层，他不写抖交游晒书柜的文章。那样的文章很有趣，但你要有与顶级名人接触的事实或有囊括中外的经纶。现在写晒书柜的文章只懂中文还不行，文中必须时不时杆出几行什么文来才出采。他还好，把住了自己的弱势：草民一介。因此想感受生活，读读刘荒田的小品应不错。想不太费劲又得点文字乐，读读刘荒田的小品应不错。像我，早就没有读钜制的能力了。看到长篇，果真优秀，心怀敬意或拍案叫绝；要并不优秀又厚得拿不起，我就深刻敬佩作者体力劳动的艰辛。

小不一定就好，小而好，是极难的事。喜欢古典诗词的人，懂得只有二十个字的五绝难做。二十字要形象要意境要语言，没真本事出不得好家伙。刘荒田的小品不愧小而好。他本是诗人，文中诗境随处拾得，许多句子铺张得辉煌。他本是劳动人民（在老家当过知识青年，在异邦做过侍者），提笔即记得劳碌大众。他是华夏子嗣，有一颗处处触动乡愁的心。他文字质朴平实，着感情，着时间痕迹；善良仁厚而敏感。也可以说，他的写作诚实。诚实中闪着机警的光，活泼的语言满盘跳动，百味杂陈，况味便无穷了。

是还有可说的，但读小品的感想也应小。若写得长，会被嗤之不识小之道。

半新不旧杨福音

　　差不多二十年了，于沙来，我在东山某酒家做东请于沙。座中人十数，都是湘籍腿夫子；杨福音坐我右侧。他跟我说了一句话，很亲切，至今记得。那时我初来广州，晕头撞脑，没接砣，要不然，我们早是老朋友了。直至前年，何立伟来，才有又一次机会。这次见他，神明清朗，谈锋机俏，圆领汗衫松紧带裤，与第一次的印象判若两人。此时已是一个有值得一提的荣誉的艺术家，是一个与二十年前相较有了许多"变"的艺术家。二十年来，打家劫舍，自相发明。他抢得了许多"由自可"。人也就"由自可"了。

　　湖南角色多匪气，不服周，不信邪。外籍精英居湘日久，也会摊上这样的匪气。无匪气不敢独步，无匪气不可成大家。他们偏离正道，不与古人争途，不与时人争道，自家落草为寇，不尊王法，守得一方水土呼啸。可为世所诟病，亦可为所推重。誉我谤我，不在意下。我不得以身殉美，可得以名殉美。明人说"为世所知，不如为所不知"。半藏半显，反得真趣。杨福音跟我通过几次电话，一口长沙烈腔，心知是我匪类。这样，并不是老朋友的福音先生，仿佛弱冠之交。

福音童心未泯，却不贪玩。他才性精微，读书不用费力而有获取。他广学博闻不是学问家，这样情形，做一个艺术家已足。他恢廓有度量，无妒忌心，才智不用在与人斗狠，每心每意经营自家山头，这样情形，做一个艺术家已足。

从前福音住长沙窑岭，一天于茅厕中思得四字："半新不旧"。生怕忘记，急呼夫人："快取纸笔来。"时年三十。他在"半新不旧"中站起来了。正应"而立"二字。

他徜徉于半新不旧之中，为画为文都半新不旧。这四个字，泄露了他的艺文秘笈。"半新"以古人为依归，"不旧"接当世之心念。"半新"远今，"不旧"远古。"半新"重在法古，"不旧"则我字当头，块然独立。"半新"是皈佛皈法，"不旧"是无法无天。"半新"是根朝泥土里扎，寻宗访祖；"不旧"是花向头顶上开，求变求奇。这就可以晓得，福音的新之为新，实乃恃古以生；新是他所从事，实乃由旧以成。所以他的作品有亲切的陌生，有习见中生出的变异。现代意识，沛然笔墨之中。

杨福音的作品半新不旧，他的人和他过的日子也是如此。每日早上五时起，入画室。吮笔拭砚，写一纸或数纸。十点钟收工。剩下的是他一天赚得的光阴。可读书写字，寻章猎句，抱狗抚猫，恋地打滚；放怀自适，无我无人。他才藻新奇，花烂映发。画作妍丽闲适，文章笔颠老秀。妍丽老秀，又都是胸中湖海化出。与他聊天，词气清畅，泠然如清泉之响，令人乐闻。我喜欢他说的话，如"开门打赤脚，张口见喉咙"，如"我们与古人不同处，就在我们还活着"。他还说过，人人可离开长沙，我杨福音不可离开长沙。这些话都说得牛气。长沙口语是"说得好朽"。这样"朽"的人，是认识自我的人。我喜欢他这股"朽气"。这处"朽"字在长沙人口里，不是"衰朽""腐朽"。是

"霸气"，是"高度自信"，是"厉害"或"气势凌人"。

他是重视文学的画家。读他的散文已知其人深浅。他能做一手好文章，故出一手好画。若问福音先生的画和文如何好法，怕就在半新不旧之中。"半新不旧"见他傲简之气。这气充盈于作品中，我们读出了精神。

对彭燕郊的纪念

本来，许多诗人、评论家对彭燕郊先生的成就都说了非常贴切恰当的话，我是不必置喙的。但他走了以后想写点文字寄托思念。缘于我对诗的无知尤其对自由诗的无知，一直不敢动笔。

一九八三年他准备出《彭燕郊诗集》。是他自上世纪五十年代后出的第一本书。用了聂绀弩前辈为他的处女集《第一次爱》写的序言作代序。跋要我写。这情形已映衬诗人的寥落了。文化革命刚刚过去，那时候的文学没有今天先进。形式、技术、观念不如今天，文学发现不如今天。现在把一九八三年说的话略加改写再说一遍，仅仅为了纪念。

任何艺术的文学的创造，每个创作者都有他自己的探索过程。彭燕郊诗创作的这样的努力很明显。语言的挑剔、炼句的讲究、意象的开拓都是在极明白的追求中展开。他的诗的最显眼处，用散文美（喜欢的人说）或散文化（不喜欢的人说）不足以概括，具有这种色彩的诗人有许多。以至形成了一个流派。他们都用流畅的近似自然语言的文学语言写诗。有琅琅上口的、节奏明快的、远较简单的协韵更令人满足的音乐性。彭燕郊没有哪一句诗是平庸的。他的诗，是一群有生命的文字活体的自在存在。我们走进他的诗，总是感到新鲜。

艺术家于理想越单纯越好，于人生越丰富越好。但阅历的丰富不一定带来创作的丰富。这里有一个锤炼创造的过程。现在我们完全有理由说，彭燕郊终生没有停止过开拓和独辟蹊径的努力。他六十岁之后的作品雄辩地证明了这一点。他晚年诗作的散文魅力更加强化了。因为这个特点，也可以说是一种技巧的出神入化，使他能表达复杂的情感，深邃的思考。我们不得不惊诧他语言的硬度、意象的深层掘进和实际受到严重约束的美之澎湃。

他诗作的散文美贯穿始终。写得开展、工细。从《山国》起看得出这倾向。到晚年的《钢琴演奏》等，已经向纵深发展很远了。钢琴家的手指将落未落的瞬间，他写了二十行。这一瞬间被他充分体验。封冻在那里。直到被他的情感充满到要爆裂了才放过它去。

他并不沉溺于一种手法的迷醉。从《冬日》开始，已着力于朴素、清新的描写；在浓郁中求纯度，求透明。这就不止是散文美。

他又确定地喜爱绚丽，喜爱丰富的音色。如《营火》，如《磨》。这里的造型闪动光彩。

彭燕郊是在战争硝烟里动笔写诗的。《稻草仓》《炊烟》《珍珠米收获》是他十八九岁的战地习作。那时他在做动员和组织群众参加抗战的工作。看得出崇高境界的追求。这时期的作品使人觉得那种生活感受和艺术趣韵至少该是中年人才会有。抗战后期写的《扒薯仔》《牯牛的生产》《捞鱼排》是同一道路的伸引，不过抒写生活时于提纯更为着力。诗人晚年的《雷》《雨》《春水》和它们都是一脉相承。《读信》更是纯而沉重。我拿不准该不该把作者对祖国的关切，对人民的关切，对中国革命前途的充满信心在他作品中的强烈表现，扯到艺术风格中来。我以为正是这种乐观的民族英雄主义情影响他的风格。本来不必谈到政治。但我们如果把二十世纪三四十年代的中国知识分子跟中国革命剥离开来，就如同剥离开空气。

《风前大树》和《葬礼》写在皖南事变后。如果不理解作者的悲愤，会叫人讶异一个二十来岁的青年为什么有这样的笔墨。后来，一九四七至一九四八年，他在牢狱中有不少同一风格的作品。《给早霞》《人》《爱》等，应该是沿着这条线发展下来的。解放战争时期写的《因为血液》《叫喊的石块》和晚年的《殒》《归来》，我们从其中感到的分量大约只能从他对祖国命运的高度信心来理解。他以悲剧般壮丽的笔触写下了《小牛犊》《安宁婆婆的家》《路毙》等，无不是以他愤怒的歌谴责疮痍满目的人间。

然而他不只是愤怒、叹息、同情；他讴歌奋战，讴歌胜利。解放初期的《高兴大妈》和几十年后的《卖梨瓜的人》，都是他创作的主脉。

他又有像《水》《一队小鸭》《树》这样纯美的诗。沿着这条路线，后来直接写画、写舞和音乐了，如《东山魁夷》《音乐，在飞腾》《金山农民画》《钢琴演奏》《陈爱莲》《小泽征尔》。这是他另一方面的开拓，内涵分量在递增。

《家》和《小船》《盐的甜味》产生于新的历史条件下。不管怎样痛彻肝脾，对民族前景并不心灰意冷。我以为这是最足珍贵的。上世纪八十年代初他发表了《画仙人掌》，这是他离开诗坛近三十年后发表的第一首诗。他有意识地学习古典诗歌（特别是宋词）的回环往复、舒卷跌宕的写法。在意象的新颖上他历来用力甚多。最初或许是《绿色出现》，此后各篇中常有可摘的章句，直到晚年的《画仙人掌》《月夜》等。他追求的不是单纯的新颖，那容易流于无意义的怪诞。他追求新，谨防失于怪。艺术的基石是美。离开这块基石的尝试难免失败。

　　他对诗的至美追求十分艰辛。也遭到过非议。寂寞的诗人坚持自己的方向，顽强突破定局。看他的古稀作品《混沌初开》的磅礴奥晦，就可窥见他的雄心壮志。我相信他在创作这首散文诗时，歌德、艾略特等人与他同处一室，拿起笔就进入到无涯际的空旷，界线已被超越，界线不再存在了，悠长的叹息消失在悠长忍受的终了。

荷花小鸟

要是也来个四舍五入的话，我也是"不逾矩"的时候了。到了这样的时候还是谨小慎微地不守规矩如我者，必定还会有人。只是心境确有变化；暮气不消说，还有与暮气相伴的东西，比如说怀念，常常想起先人和平生交游。热闹的朋友或许想得少，寂寞的朋友自然想得多。在寂寞中想起也是寂寞的一位，忽然要给光年做几百文字了。

我现在也可以说"很久以前"。不像年少时羡慕能说这话的人的老资格，如今轮到我说起这话来，只觉得多出几分苍凉。很久以前，在一位朋友家中经常遇见何光年。那时我十多岁，他怕有三十出头了。这位朋友家中是长幼咸宜的，我们很愉快地在一起聊天是寻常事。某日他见到我写的七律《初上岳阳楼》，极喜欢其中"几人忧乐知先后，千古文章寡和酬"一联，莫是斯文一脉罢？遂是我们之间忘年交的起因。尔后就有些唱和，有些过从，在一塌糊涂的那些年中相互就有些穷安慰。

光年多病，瘦骨嶙峋。在那些年中，必要的时候还是有人把他请去站在台上挨批斗。倒没有打他，多半晓得此君消受不了一拳。他便一拳没挨过。非常斯文地低低头，站个把小时。遇上我去了，不无惭愧地说着这些事。我想这是发泄的需要。人怄了气，受到凌辱，不许对人说，在要好的人面前就得说说。不一定态度怎样的不好。很多时候，在白果园他家那半间房里，在高兴地邀我落座之后，是示我以新近填的词或写的诗的时候。总是说，能谈话的人太少了。有时见他写字，右手写了左手写。他的字，风骨跟他的诗词一样，清淡秀气，美得芬芳。

他喜欢湘剧。尤其喜欢高腔。他唱湘剧高腔票友味十足。那样清瘦，中气难提，高腔神韵却淋漓尽致。董每戡先生很赏识他文学、戏曲方面的修养。那时每戡先生蛰居长沙，可与谈者唯光年而已。光年久久挂牵每戡先生藏在冷灶炉灰中的数十万字手稿。书生窘态，如今追忆起来竟是一个时代的脸谱。

六十年代初期，湖南省湘剧团采用过他的剧本《武则天》，得一百元稿酬。为夫人买了一件呢大衣。同时作一绝，有两句说："唐时皇后周时帝，为我生财一百元。"他诗词的生活味浓得很。早些年读《三草》，觉得光年和绀弩前辈在用旧诗词表现生活的创作实践上各有千秋。不过他生活面窄，不如聂老的家国之忧的磅礴。方毅送他"荷花小鸟"四个字，正巧概了他的风貌。光年总的说来是缠绵、圆润、优美的。

一九七八年以后他心情渐渐舒畅。人也活跃了。许多文化组织邀他入席。一九八五年依中日文化交流协定中国书法家协会组织作品赴日展出，全国评得九人，湖南独光年入选。他的左书尤为人称道。行家中有"江苏费新我，湖南何光年"的说法。

这些年来他颇得意，无官亦无钱，只为享受到了数十年中没有的自在。从他下面的诗句看得出："早有文章轻富贵，已无忧虑损精神，自知性僻难偕俗，且喜身闲不属人。"出手便露出傲气。可惜身体大不如前，基本不写小字。诗却写得多。用钢笔，不费力气。儿女大了，都已成材，近十多年的日子过得还好。曾寄过几首诗与我，记得这样几句："扶筇缓步下楼台，日日提篮买菜回。场上人多休问价，袋中钱少也防灾。"乐天知命的闲雅跃然纸上。光年旧体诗词的艺术概括力，大抵如此。

五十多年的友情，不会不互赠诗词，这是写旧体诗的人的老毛病。当然，都给朋友戴高帽子。今天翻开他的《半楼集》，有《次善壎兄赠我原韵》一首："自别兰园近两年，一番回首一凄然。谁知广厦千间志，竟作东山数载眠。气质远追陶靖节，风流直继杜樊川。夫人咏絮才犹捷，无负阳春三月烟。"我送过这样一首诗给他："俏似丹枫静似霜，如君怀抱费评量。吟哦有句追唐韵，云雨无凭梦楚襄。久病已成朝市隐，多情常发少年狂。风流不在林园内，曲涧横桥独自香。"看我第四句就晓得，他的生平有过"精神恋"；我见过她，才气奇高的女子。按中国人的讲究，这事要为"长者讳"，不好说出来。

<h1 style="text-align: center">生　日</h1>

　　公元二〇〇六年的农历闰七月，在第二个农历的七月（也就是闰七月）里，我的农历生日和兰兰的公历生日同一天。从不曾郑重做生日的我，头一回有了一个很热闹的生日。这是兰兰的奶奶的主意。她舍得多花些钱，为我和兰兰做个像样的生日。兰兰的妈妈提前订做了生日蛋糕。两层。两个人一起做生日的意思。蛋糕正中有心形巧克力片，上面写着"爷爷和兰兰生日快乐"。

　　兰兰和我上座。全家人的中心，奶奶，也退居其次了。大家恭维着一老一小两个寿星。做奶奶的高兴极了。

　　服务员说，上菜了罢？奶奶说，不，先吃蛋糕。兰兰也要先吃蛋糕。奶奶和兰兰一样禁不住精美的生日蛋糕的诱惑。

　　大家唱起《生日歌》。起初我认为不如中式的撩撇，对小孩说一声"长命百岁"，对老人说一声"寿比南山"就可以了。旋又以为西式也好。歌既轻松也清新。我因那简单的旋律感到愉快。而兰兰，似乎很懂那旋律的涵义。她在大家唱着的时候有神秘的微笑。好像看见了只有她才能看得见的，正等待着她的光明。一切都新鲜明亮。晚风时不时拨弄窗帘，让它做一个优美的轻举。

吹蜡烛之先兰兰要许愿。她眯着眼睛想了好久。她的愿望，一定是我们内心一直有的向往。脱口而出的是"我要奶奶身体健康"。其余是秘密。我也许了愿。忘记了。多半是祝愿全家人快乐。

兰兰深吸一口气，准备好吹熄代表她的成长历程的七支蜡烛。这些蜡烛也象征了我的生命旅程。一想到长长的平庸的旅程，心里有隐蔽的愧疚。我想到未来。明知我的未来必定比我的过去短许多，还是害怕照旧的平庸。

吹蜡烛时兰兰斜眼看着我，并用她的右手拉着我的手。像是对我说，爷爷，别怕，跟我来。我变成一片小小的雪花，落在她的额头上，又化为一滴晶莹的水珠了。我跟随她走进黎明。她指引我看见一抹淡彩。那是晨曦，也就越来越夺目。

我和兰兰一起切蛋糕。在天使的小手的引导下行动，我一点不敢自作主张。分蛋糕的时候，她要求吃两颗红色的小樱桃。我就把最圆最红最大的两颗挑给她。她奖励了我。她说，爷爷，你真棒！接着她低声告诉我，"我会送一个大蛋糕给你的"。她的动作、声音和表情，是真心的艺术，带来许许多多美好。那是任何着意的表演望尘莫及的。

我的确想从头活一次，只要有兰兰和兰兰的奶奶以及我们的女儿。当然，还是这些朋友。

这天有几个朋友来了。他们是专为这天来的。朋友和亲人其实分不开，这看你怎样理解朋友了。

这些情感，这么多情感，跟朝风暮雨联在一起的情感，如果真的从头活过一次，会重来吗？我一边谈笑一边想着这问题。兰兰走开了。从她的包里找出来彩色笔和一张纸。她一直在画，好久才回到座位上来。

当服务员送上一盘水果的时候，兰兰向我侧过身来，双手奉上她画的一个大蛋糕。那上面写了"爷爷生日快乐"。有许多艳丽的樱桃。她还久久地亲我。

诗集《一串倒提年月》跋

　　说到写诗，我一定说清楚是旧体诗（我乐于把旧体诗称为"中国诗"）。不说"诗"。避免与新诗混淆。两者比较起来，新诗佳作的难度高多了。这样说，会有旧体诗人不服气。会有不懂旧体诗的人不理解。那么多规矩，起承转合，粘对拗救，合掌孤平，应该比无法可法的新诗难得多。其实规矩倒来倒去那几条，在从前的私塾里是儿童发蒙学的。只要懂得了，用这些技法可以制造出许多与诗无关的句子来。

　　做旧体诗不顾格律要不得。其他体裁多的是，既不遵格律就往别处去。

　　又不必把格律看得死呆八板，"有诗"才是重要的。《唐诗三百首》七言律诗之首（编者接受了严沧浪的推许）是崔颢的《黄鹤楼》："昔人已乘黄鹤去，此地空余黄鹤楼。黄鹤一去不复返，白云千载空悠悠。"若说平仄，是"仄平仄平平仄仄，仄仄平平平仄平。平仄仄仄仄仄仄，仄平平仄仄平平"。莫说第一句有毛病，第三句可说是太没边了。今人做出来，那就不得了。可是自唐至今没有人说这首诗不像话，李白还说这首诗好到他不能超越。王昌龄的《出塞》："骝马新跨白玉鞍，战罢沙场月色寒。城头铁鼓声犹震，匣里金刀血未干。"这首诗艺术上的成就，冠绝全唐。从格律上讲，先失对后失粘。

旧体诗与语言的音乐性紧密相连。诗句要求好听。唐宋是对汉语语言音乐性敏感的朝代。那时的诗人并不机械遵守格律，他们以好听为准绳。"黄鹤一去不复返"没有人觉得刺耳。

格律，不是平平仄仄这么简单。白居易说"每被老元偷格律"，与白居易齐名的元稹偷白居易的格律，不会是偷王了一先生总结的那些。元稹没那么弱智，白居易没那么肤浅。我当然不知道元微之偷的是什么。白居易说的格律应该是不可用条例规定的艺术规律，是和普通文艺理论不悖的。从钟嵘的《诗品》释皎然的《诗式》到王国维的《人间词话》，1500年间的诗歌评论数十部，大多是在作品的精神质量上做文章。也遵循难以言表的声律。前人考虑到不是每个人有这样的艺术天赋，搞出公式来供天机不高的才子做样板。只要如此了，不至于太难听。这是技巧上的事。诗，真诗，才是评判的准尺。

我是守规矩的，偶有不听话的地方。"东""冬"不是一个韵的道理不复存在，坚持"他"字不可和"麻"字押韵只可和"歌"字押韵，无视语言现实到滑稽的地步。免不了泥古，风雅尽失。有点跳皮的是《沁园春·回长沙》"纵有贼心，终无贼胆，市井蹉跎岂偶然"这句。第一个贼字读平声，音 zei；第二个贼字读入声，音则。大方之家莫笑。

唐诗宋词是瑰宝，今天像唐宋一样用为主流文学形式缺乏社会基础。这种体裁，许多现代词汇装不下，不必说表达更为丰富的意象了。不过，不同体裁各有长短处，旧体诗有自己的生存理由。

做旧体诗不懂格律不行，以为懂格律就能吟诗填词是误解。

旧体诗因有格律包装，伪诗容易混珠。

有时候，几句合格律的话（不是诗），配上几句妙语，整首就成了诗，这是旧体诗的一个现象。比如薛道衡作《人日思归》诗，开头两句是"入春才七日，离家已二年"。听的人就嗤之以鼻，说这是什么狗屁？哪个说这家伙会做诗。到他说出"人归落雁后，思发在花前"，就有"名下固无虚士"的赞叹了。

要说活人的话。莫说死人子话。有些人写旧体诗生怕不文不雅，写出来别人看不懂，或者念起来费劲。唐宋名句是明白流畅的。"打起黄莺儿，莫教枝上啼。啼时惊妾梦，不得到辽西。""汴水流，泗水流，流到瓜洲古渡头，吴山点点愁。""无言独上西楼，月如钩，寂寞梧桐深院锁清秋。""君住长江头，我住长江尾，日日思君不见君，共饮长江水。""去年元夜时，花市灯如昼。月上柳梢头，人约黄昏后。今年元夜时，月与灯依旧。不见去年人，泪湿春衫袖。"哪句不好懂？偏偏我们做出的诗，比唐宋人的作品还拗口。

又莫以为做诗，语言可不讲究。既是文学，得用文学语言。俚语方言非不可用，确实要搭配得当。通篇方言土语，只会降低诗文品格。张问陶说："敢为常语谈何易，百炼工纯始自然。"看似平易的句子，如果觉得好，那是下了功夫的。

重要的还是"诗"。一首好诗不管以什么形式出现，都不改它诗的质地。

附录：一个人应该使自己有用

有幸再编选陈善壎先生散文集，细读每一篇，有取下的，有先生欲意取下、我坚持辑入的。但仍像二〇一六年编选陈先生的散文集《痛饮流年》时，我只有下力气组稿、编选好，勘校好，却动不了笔去写下我对陈先生作品的感受。我明白老先生写得多么不同，是以往难能读到、远远走出去的经典意义那样的作品。它存在了，且早已存在，从那篇陈先生希望取出的散文《闲》看，只是不把写作当作自己的行当，不把埋在心里的喜好作为需要与人分享的事情。"'一个人应该使自己有用'，他这样想。伏案疾书。……他反复斟酌，精思细改，直到自认文字做得周到了，才郑重其事地把稿纸收入抽屉里去。他是怀着对自己的敬意慢慢推进抽屉的。"(《闲》)

十多年前，作家何立伟谈到陈善壎先生的旧体诗，说他十六岁时写的旧体诗即造成轰动。说这话时，陈善壎先生已年过七旬。

我印象里，陈善壎先生去写一首诗，难着呢。他谦逊、坚毅，像一位身经百战，卸甲归隐的将军，不声不响，不多表达，面目慈祥，思维敏捷。他的夫人、诗人郑玲先生病故以后，他处在失去生命伴侣的长久哀寂中。长途电话连通广州，作为他们夫妇的忘年朋友，自然担忧他的状况，想望老人能从失去郑玲先生的悲抑中走出一点。我建议老人家多写写他擅长的诗词。当然最好也能多写散文，更多人能分享到他的散文，也是福，我相信他的散文能够颠覆人们对于散文的经验和认知。鲜有人能那样安静地缕析重大的历史和嵌注其间众多蝼蚁般的戏剧人物，那些深藏的生活涵义和倔强的人性光芒及其最后的尊严，还有横生的奇趣、老辣的洞察和深刻的悲悯，于无数偶然与必然的历史性扭结中，无可奈何地行进。长居美国的作家王鼎钧先生读到陈善壎先生的散文，"下了意味深长的结论"："深厚透纸，唯我中华本土能产生此等风格。"——刘荒田先生摘录王鼎钧先生写给他的邮件。王鼎钧先生评说陈善壎先生长文《你这人兽神杂处的地方》："陈先生这篇文章非常好……他写一个几乎不可思议的环境，却如此亲切可信。'人兽共处'的生活那样落后可怕，我虽然在现代大都市里，连一点优越感也没发生，读时神游于武侠小说神怪小说才有的天地，读后的念头是他们现在怎样了，谁能帮助他们……我佩服他的语言，他用写实的语言来完成，没有梦呓，没有意识流，照样有现代主义的艺术效果……我一向说，文学作品中有我们完全陌生的人，背反的生活经验，我们读这些作品，扩大同情心，化解偏见，消除隔阂。可是我们习见的作品多是强化一个小圈子，如果有人写到分歧的一面，也多半不曾感动异己。"旅美作家刘荒田在为陈先生散文集《痛饮流年》（民主与建设出版社2018年1月出版）撰写的序言《"文学作品中有我们完全陌生的人"》中写道："这位在二〇一四年，以八十九岁高龄连获海峡两岸文学大奖的大师级作家，出此语是经过多方比较的——他先后在中国大陆、台湾和纽约生活过，从事中文写作超过一个甲子。像陈善壎这样的作家，只有神州大陆有，也只有从当童工的上世纪五十年代初以还，历经所有政治运动所带来的劫难，尝遍世间艰辛，洞悉人性至深处的光明与黑暗，尤其重要的，拥有出类拔萃的观察力与天赋，才能写出这样的作品。单是他的语言风格——融会市井俗语与古典，简朴，绵密，讽刺入骨的谐趣与现代诗一般的张力，就当'大家'之名无愧；誉为'不世出'，肯定招善壎大哥骂，可是我一直这般认为，我的同调还有好几位。""陈善壎老先生是文坛外奇人，极具传奇性，他小学尚未念完即当工人，通过自学，后来居然教大学的高等数学和物理学……就在这样的背景下，到了晚年写起平生经历和感慨，一出手即手笔宏阔，卓然成一家，被许多文坛人士所激赏。"

我是陈善壎先生散文集《痛饮流年》的推荐人、组稿人，义务担当背后的编选与审校者，曾在那之前的几年，约请刘荒田先生为陈先生首部散文集作序（可惜那个出版计划未能实现），经历了陈善壎先生诚恳又固执地主张删节一处又一处刘先生在序言中就陈先生的写作和为人由衷的誉美词句，还有其他几位先生对他的褒奖，陈先生也固执坚持，"取下来吧，他们尽说好话，我会不安"。我有过据理力争，好商好量地劝阻了陈先生一部分提议，也有过不少妥协。陈善壎先生朴素、低调，无声存在习以为常。好吧，能保留多少是多少吧。于是他嘿嘿地笑了。刘荒田先生也让我见识了朋友之义中的胸襟及至高而持久的尊重。

我在邮件或电话里说，旧体诗的正经模样，年轻人触摸不到多少，旧体诗词的好，只得从唐诗宋词那里揣摩，今人承继和创造的那种意义上的诗词，少之又少。再说，郑玲先生愿意读到您新写的诗词是不是？陈善壎先生不说写，只说，就想那么待着。后来，某一天，他写一首或是两首诗，写一篇或两篇散文，发给我看。没办法，是真好，凛然地在远处、在高处，而且没有人工着力的痕迹。他的旧体诗词和散文，心灵格局、精神浸融、古今过往境通界越，超拔的质地，诚实的着落，语言精劲停顿在该在的地方。自身处境孤独，却总忧患众生，有出人意表的穿透力量，进出内外，低回大地。他让手上的雕刻刀富有节制力，让个人的行走或起落自觉、准确。

说歌唱得好，通常指从心里唱出，是生命里渗漏出的歌。好诗又何尝不是这样。陈善埙先生不为让人围观而写，他心里有，思维成熟如金，学识深厚如筑，他的教养也许在十六岁之前，到经过漫长艰涩、喧嚣离乱的体察，修积成目光去繁就简以后只能回在根本处。他话虽越来越少，唯愿有力地护佑和协助他的夫人郑玲先生，在脱胎换骨二十四年下放劳动的小山村共度没明没黑的时间，相伴存活。为着郑玲先生，他的心近地面，其他时间心总是远着。细想，也是不易，只不过他把自己卓越的清醒，放置一旁，因为有心里的大世界，越发心甘情愿回归到现实，比如为卧病在床、视力严重下降的郑玲先生把好友发至电脑信箱的来信，一个字一句放大数十倍手写到纸上，弯着腰端给郑玲先生看，欢喜地分享她读信时深感快乐、幸福，状态一下子好起来很多的样子；比如用一本厚厚的杂志垫一张复印纸支撑着，任郑玲先生经过长时间昏迷，猛然清醒的一小会儿时间，想要写诗，于是手掌心大的字，能落在他撑住的纸上。那些天成的同样经典的生命最后的诗篇，只有陈先生能准确辨认出来，完满地落实于世。郑玲先生写了什么诗句，从她心里流动出怎样的旋律、乐音，这位上天赐予人间的诗神般高贵的诗人，在她的生命不断被阻滞和摧折的虚幻时段，来不及如愿地把每一个她爱惜的汉字里面的胳膊、腿，树干、枝叶完全描画出来的情况下，从她的灵魂中迸发出的诗作，价值理路，秩序井然。陈先生自然深有体会，如郑玲先生那样纯粹的诗人，难能地美好，她在创造中更加美好，在和千疮百孔的生活关联的过程，同样以她深沉、稳定的美好，得以看见、听见、感知到世界更多真相和正相，生命的韧性所能创造的奇迹一直在他们与艰难时日抗争中结实地存在着，而美好，就在他们小小的家里，在他们心中。至于陈先生自己，始终在信仰的执守中保护难能的静寂、安宁，抵御和消化曾经身临其境、相伴相生的险恶与屈辱，至于其他，有即无，无即有，心里的就是这样，身外的就是那样。大江大河滔滔流水，冲刷过来荡涤过去，他领教过，他能做的就是思量，隐忍，埋头劳动，并给予所立足的土地足够的耐心和尊重。曾经日日演算数学，发明创造了一些有专利的事物……他只字不提。他的散文，我以为是真正意义上的诗，只在另一些细碎的时间缝隙里落地几许，从他的文字看出，也是因为感觉到尊重和美好才会写出，因为"一个人应该使自己有用"才会写出。

我读到陈善壎先生的散文，再一次见识到什么是好，什么是这个世界需要的。好的精神创造，能够鼓励人们有信心好好活着，并有愿望成为一个更好的人，待到哪天能够的时候，不放弃也去创造美好，以鼓励更多其他的人。

诗人、作家筱敏发表于《广州文艺》二〇二三年第七期，评论陈善壎先生散文的文章《无论是星光还是烛光》说："写作是一种独白，也是一种回应。陈善壎不在文坛，他不在乎文坛的回应。但浩瀚的时空总有他在乎的灵魂，更重要的是，穿越时空而过往的，还有需要这般质地的文字的人。"权作陈先生这部散文集的序言之二。

冯秋子

2024 年 4 月 10 日